KB067155

어느
뚜벅이의
작은 행복

어느 뚜벅이의 작은 행복

펴낸날   초판 1쇄 2020년 4월 17일

지은이   박명자
펴낸이   서용순
펴낸곳   이지출판

출판등록   1997년 9월 10일 제300-2005-156호
주소   03131 서울시 종로구 율곡로6길 36 월드오피스텔 903호
대표전화   02-743-7661   팩스 02-743-7621
이메일   easy7661@naver.com
디자인   박성현
인쇄   (주)꽃피는청춘

ⓒ 2020 박명자

값 13,000원

ISBN 979-11-5555-131-8   03810

이 도서의 국립중앙도서관 출판시도서목록(CIP)은 e-CIP홈페이지
(http://www.nl.go.kr/ecip)와 국가자료 공동목록시스템
(http://www.nl.go.kr/kolisnet)에서 이용하실 수 있습니다.(CIP제어번호: CIP2020013073)

▶ 박명자 지음

어느
뚜벅이의
작은 행복

이지출판

머리말

조각보를 짓는 마음으로

하고 싶은 이야기를 글로 써 보았습니다. 말보다 글은 생각할 여유가 많은 데다 잘못되어도 고칠 수 있어서입니다. 그러나 쉽지 않았습니다. 적당한 문장은 물론 마땅한 단어조차 떠오르지 않아 몇 날 며칠을 고심에 빠지기도 했습니다.

등단 십오 년이 되니 모아 놓은 글이 꽤 되었습니다. 더 미루지 말고 정리해야겠다고 마음먹었습니다. 반짇고리에 천 조각이 모이면 조각보를 만드시던 어머니의 심정이라고 할까요.

오래된 것을 꺼내 가위로 천 조각을 다듬듯 몇 번이나 첨삭 교정을 했지만, 가위마저 신통치 않아 애를 먹었습니다.

가족과의 생활, 특히 어머님과의 이야기가 많습니다. 갓 깨어난 병아리가 어미 품을 벗어나지 못하듯 아직 세상을 넓게 보는 눈이 트이지 않은 탓일까요. 대상을 깊이 관조하고 천착하라는 선생님의 가르침이 아프게 다가옵니다.

뚜벅이처럼 살아온 제 삶에서 건진 소소한 일기라고 봐주십시오. 앞서지도 재바르지도 못한 걸음. 모두 그 길에서 만난 소회인데 뜻만 전하고 말았습니다.

고마운 분이 많습니다. 글쓰기를 농사에 비유하며 농부의 자세와 함께 땅 일구는 방법, 모종 구하고 심는 요령, 재배와 수확하는 법을 지도해 주신 일현 손광성 선생님은 제가 가장 존경하는 스승님이십니다.

칭찬과 비판으로 언제나 함께해 준 다월문우회, 그리고 오랜 인연의 이지출판사 서용순 대표님 고맙습니다.

침묵으로 지원해 주는 남편과 사랑하는 아들 며느리 딸도 있습니다. 무엇보다 책 만들기를 즐기는 손녀 지윤 서윤이, 이제 그 놀이에 할머니도 끼워 줄 걸 생각하니 행복합니다.

독자님께 깊이 감사드립니다. 칭찬에 춤추는 고래처럼 작은 격려 주시면 더 좋은 글로 보답하겠습니다.

2020년 봄
박 명 자

어느
뚜벅이의
작은 행복 _ **차례**

제1부

어느 뚜벅이의 작은 행복

우리 동네에 운전 붐이 일기 시작한 것은 내가 삼십 대 후반쯤이었다. 매일 아침 학원 차가 수강생을 실어 날랐다. 기계라면 비디오 작동도 겁내는 나에게 또래 엄마들이 자꾸 부추겼다. 열 명이면 할인을 받는데 한 명이 모자라는 모양이었다.

연이은 성화에 자격증이나 따 둘 요량으로 못 이긴 척 따라나섰다. 그리고 강사에게 말했다. 합격해도 운전은 안 할 거니까 쉽게 면허 따는 요령만 가르쳐 달라고.

몇 번의 낙방 후에야 겨우 면허증을 손에 쥐었다. 남편은 속뜻도 모르고 좋아했다. 손놓으면 힘들다며 출근할 때 데리고 나가 운전대를 맡겼다. 식은땀이 났다. 밤길을 더듬듯 몇 정거장 기어가다가 도중에 넘기고 버스로 돌아왔다. 심한 기합을 받는 것 같았다.

그런데 얼마 후 같이 면허 딴 친구가 사고를 내고 말았다. 고가도로 밑에서 커브를 돌다가 갑자기 인도로 뛰어든 것이었다. 또 옆집 아주머니는 연습 중 언덕 아래로 굴러떨어졌다. 운전에 대한 공포가 엄습했다. 게다가 고속도로에서 본 끔찍한 사고 현장까지 머릿속에서 떠나지 않았다. 모두 내가 당할 일 같았다.

점점 운전 생각이 없어졌다. 울적한 날 혼자 자유로를 달리려던 야무진 상상도 지워 버렸다. 남편은 요즘 세상에 운전 못하는 사람이 어디 있냐고 약을 올렸지만 공포감에 비한다면 어떤 비난도 참을 만했다. 회식 후 차를 갖고 대기하는 동료의 아내가 누구보다 부러웠겠지만 어쩌겠는가. 겁쟁이 아내 둔 것을 한탄하는 수밖에.

그렇다고 운전이 필요 없는 건 아니다. 마트에서 잔뜩 산 물건을 두 팔이 늘어지도록 들고 오는데 주차장에 놀고 있는 차를 보면 나 자신이 한심하기 그지없다. 또 어쩌다 오시는 친정어머니를 내가 운전하는 차에 모시고 교외로 나가 특별한 음식 한번 못 사드린 건 평생의 한이다.

게다가 단둘이 즐긴 외식에서 곁들인 반주 두어 잔 때문에 대리기사를 부를 때면 내 처지가 한없이 초라하다.

하지만 운전을 안 해서 괜찮은 점도 적지 않다. 우선 주차 자리를 찾느라 헤맬 필요가 없다. 주차는 운전자의 몫으로 두고 내 몸만 옮기면 된다. 또 눈을 부라리며 고함치는 난폭 운전자의 삿대질도 나와는 상관없는 일. 조수석에 앉아 책을 읽거나 휴대폰을 들여다본들 범칙금도 요구하지 않는다. 수시로 변하는 바깥 풍경을 눈요기하며 머릿속에 수백 개의 그림을 그린들 어쩌리.

우리나라 지하철은 얼마나 편리한가. 거미줄 같은 노선을 그림 하나로 보여 주는 앱이 있으니 어쩌다 잘못 내려도 당황하지 않는다. 게다가 카드를 댔을 때 '환승입니다'라는 낭랑한 목소리는 보너스 받는 기분이다. 갈아타는 위치는 물론 어디쯤 지난다는 정보까지 주니 애인인들 그만큼 자상할까 싶다.

얼마 전 동탄신도시로 이사 왔다. 처음에는 버스가 별로 없어 불편했지만 이제 웬만한 곳은 거의 연결된다. 특히 서울로 가는 광역버스는 네댓 정거장만 지나면 고속도로를 탄다. 넓은 도로 위에 딱정벌레처럼 들러붙은 승용차의 행렬. 하지만 버스는 몇 걸음 스텝만 밟으면 금세 전용차로를 차지한다. 위용을 과시하는 몸집, 레드 카펫 위를 미끄러져 가는 우쭐한 기분은 그때부터다. 정체가 심할수록 더 시원한 느낌. 그날 앞자리의 통쾌함은 배가 된다.

버스는 앉는 위치에 따라 기분이 완전히 다르다. 탁 트인 시야에서 다양한 풍경을 감상할 수 있는 앞자리. 전망대에 앉아 호령하던 사람이 침을 흘리며 자고 나도 부끄럽지 않은 뒷자리가 있다. 고개를 넘을 때마다 바뀌는 풍경을 감상할 수 있는 창가 자리는 어제 오늘, 아니 아침저녁이 다른 초대형 정원이다.

얼마 전 산수유, 개나리가 노란 물을 쏟더니 금세 연초록 이파리가 여백을 채운다. 버스 안에서만 제대로 감상할 수 있는 산수화 전시회다.

정체된 도로를 버스전용차선으로 달릴 때면 초등학교 마지막 운동회가 떠오르곤 한다. 주로 6학년이 하는 '손님 찾기'다. 말 그대로 내빈과 함께 달리는 경기인데 운 좋으면 '선생님'도 들어 있다.

예닐곱 명이 출발선에 섰다.

"탕!"

신호탄이 울리자 우르르 뛰어가 멀리 놓인 쪽지를 하나씩 주웠다. 나도 얼른 집어 펼쳤다. 아! 선생님. 우리 학교에서 제일 멋지고 박력 있는 옆 반 선생님이었다. 가슴이 콩닥거렸다.

"주태규 선생니임!"

발을 구르며 본부석을 향해 힘껏 소리질렀다. 어디선가 반사적으로 뛰어나온 선생님이 내 손목을 낚아챘다. 앞에는 아무도 없었다. 트랙을 둘러싼 우레 같은 함성이 우리 두 사람의 등을 떠밀었다. 태어나서 처음 맛본 1등. 그토록 가고 싶던 4반인데 그 선생님 손을 잡고 달리다니. 지금도 생각하면 어깨가 으쓱해진다.

오늘도 버스는 개선장군처럼 달린다. 엎드린 승용차 어깨너머로 뒤꿈치 들고 응원하는 벚꽃 행렬까지 보태니 관중은 더 많아졌다. 서울이 가까워지면 옛사랑을 만나러 가는 것 같고, 집으로 돌아올 때는 손녀의 웃음소리가 들리는 것 같다. 살아가는 일도 이렇게 순조로울 수 있다면 얼마나 좋을까.

앞으로도 내 운전면허증은 장롱 안에만 있을 것이다.

나이 들수록 몸 따로 마음 따로인데 무슨 용기로 핸들을 잡겠는가. 내 생명은 물론 자칫 상대방에게 흉기가 될지도 모를 자동차 운전. 좀 느리고 불편하더라도 세상살이에 뒤처지지 않는 지금 이 뚜벅이가 나는 행복하다.

별이 빛나는 방

"더 따라 나오지 말고 그만 들어가."

내가 먼저 아이한테 말했다. 어차피 함께 가지 못할 걸 기숙사 마당에 혼자 두고 오기가 안쓰러워서였다.

"안녕히 가세요."

짧게 인사를 건넨 아이는 눈배웅도 안 하고 돌아섰다. 따라가 등이라도 토닥여 주고 싶었을 남편도 빈 가방을 끌고 묵묵히 앞장섰다. 둘이서만 탄 엘리베이터. 고개를 돌린 남편의 목이 꿈틀하는 것 같았다.

"제까짓 놈, 고생 좀 해 봐야지."

유난히 딸에게 정 많은 사람이 꺼지지도 않은 담배를 물고 시동을 켰다. 나는 창문을 내리고 고개를 내밀어

8층 꼭대기를 한 번 더 올려다보았다.

춘천 시내를 벗어나 고속도로로 접어들었다. 낯선 풍경이 멀어질수록 애틋한 마음은 더 피어올랐다. 가방을 더듬어 손수건을 꺼냈다.

아이는 착하고 성실했다. 교칙은 물론이고 고리타분한 어미의 요구도 불평 없이 따라 주었다. 물려받은 교복을 삼 년 내내 입고, 휴대폰도 대학생이 될 때까지 기다려 주었다. 어쩌다 학교에 가면 선생님 말씀이 한결같았다. 아직은 좀 그렇지만 반드시 좋은 결과가 따를 것이라는 말은 내 마음을 편하게 해 주었다.

하지만 그게 아니었다. 수능 시험을 마치고 채점하던 아이가 땀을 뻘뻘 흘리며 울었다. 손바닥에 땀이 고일 정도로 긴장되었다더니 문제가 제대로 읽히지 않은 모양이었다. 나도 기가 막혔다. 하지만 시위를 떠난 화살이 않은가. 점수에 맞춰 차분히 찾아보자고 바다 같은 마음인 양 뒤집어 보여 주었다.

그런데 시간이 갈수록 부아가 치밀었다. 아무리 들춰 봐도 들어갈 만한 학교가 보이지 않아서였다. 무거운 기운은 온 가족의 입을 봉해 버렸다. 남편은 나만 나무랐다. 제대로 살피지 않았다고. 휴대폰은 고사하고 외출도 않던 아이는 겨우 식사 때 나와 몇 숟갈 뜨고 얼른 제 방으로 들어갔다.

염색을 했다는 둥 귀를 뚫었다는 둥 합격한 친구들 전화가 줄을 이었다. 가까스로 마음을 추스르려 하면 주위 아이들과 비교하여 점수를 들추곤 했다. 그런 상황에 전화 받을 여유나 있을까만 며칠 만이라도 눈에 안 보였으면 싶었다.

원서 접수가 시작되었다. 재수를 시켜 달라던 아이가 지금까지 꿈꿔 오던 대학에 원서라도 한번 넣게 해 달라고 했다. 게다가 생뚱맞은 지방대학까지 말할 때는 대꾸도 하기 싫었다.

결과는 뻔했다. 낙방이었다. 서울의 명문 여대인데 그리 호락했겠는가. 상황을 인정하고 마음을 가라앉히려는데 주변의 합격 소식이 확성기 소리처럼 들렸다.

"그동안 너는 뭐했냐?"

속이 부글거려 참았던 말을 또 쏟아냈다. 아이는 조심스레 입을 열었다. 여기라도 가서 열심히 하면 되지 않겠느냐며 그나마 건진 지방대 합격증을 들고 통사정을 했다. 속이 터졌다. 체중이 줄어 바지춤을 잡고 다니는 걸 보며 조금씩 불안해지던 터. 주위 사람들 말대로 아이 건강도 생각해야 했다.

마음을 바꾸었다. 지금까지 온실에서만 키운 아이, 이럴 때 내놓고 비바람도 좀 쏘여야 할 것 같았다. 자주 넘어져 본 사람일수록 일어나는 요령도 알고 벼랑 끝에 선 나무가 더 강하다 하지 않던가.

등록을 했다. 파마도 시켜 주고 휴대폰도 사 주었다. 혼자 버스 타는 것도 불안해하던 아이를 앞에 놓고 생활에 필요한 지혜와 유의 사항을 생각나는 대로 알려 주었다. 재수하는 만큼 노력하면 편입의 기회도 있지 않겠느냐고 희망과 용기도 챙겼다.

아이는 말했다. 한 번의 실패만 받아들인다고. 열심히 공부해서 꼭 선생님이 될 거라는 약속을 남기고 새로운 세상으로 발길을 돌렸다.

어둑해서야 집으로 돌아왔다. 나도 모르게 아이 방 문고리를 잡았다. 썰렁한 방 안. 가지런히 정돈된 침대 위에는 안고 자던 곰 인형만 혼자 앉아 있었다. 얼른 문을 닫았다. 책상 앞에 앉은 아이 모습을 그대로 기억하고 싶어서였다.

안방으로 왔다. 캄캄한 방. 그대로 침대 위에 몸을 던졌다. 그런데 이게 웬일인가. 쏟아질 듯 많은 별. 어디서 몰려왔는지 천장에 형광색 별들이 솟고 있었다.

몇 해 전 밤이 겹쳐졌다. 별이 선명한 그믐쯤이었나 보다. 우리 모녀는 친정집 마당에 앉아 밤하늘을 쳐다보았다. 내가 먼저 어릴 적 꿈 이야기를 했다. 듣고 있던 아이도 자신의 소망을 말했다. 국어 선생님이 되어 별처럼 빛나는 글을 쓰고 싶다고. 우리는 새끼손가락을 걸었다. 별들의 응원 소리가 들리는 듯했다.

최선을 다할 거라며 내 가슴에 안기던 딸. 그 약속을 놓쳐 버린 미안함 때문일까. 아니, 다시 일어서는 모습을 이 별꽃으로 확인시켜 주고 싶었는지도 모른다.

기숙사 침대 위에서 몸을 뒤척이고 있을 아이의 눈물. 까치발을 들고 몰래 스티커를 붙일 때의 심정이 함께 별이 되어 빛나고 있었다.

사고쟁이 할머니

제주도로 가족 여행을 갔다. 삼대가 처음 떠나는 4박 5일이었다. 손녀들은 자기 몸만 한 캐리어를 하나씩 끌고 병아리처럼 돌아다녔다. 남편은 카트를 끌고 오더니 캐리어와 손녀 둘을 한꺼번에 실었다. 진풍경. 아이 하나를 더 보탠 것 같았다.

비행기에 오르자 좌석 배치는 이번이라고 다르지 않았다. 남편 짝꿍인 큰손녀 지윤이가 할아버지를 차지하자 작은손녀 서윤이도 얼른 내 곁에 앉았다. 오래전부터 저희끼리 정해 놓은 단짝이 비행기 안이라고 예외겠는가.

창가에 앉은 지윤이는 할아버지랑 구름 사진을 찍느라 바쁜데, 서윤이는 거기서도 종이와 펜을 달라더니 그림을 그렸다. 제목은 〈비행기 속 할머니〉. '서윤이와 할머니가 비행기를 타고 구름 위를 날아간다'라고 비뚤배뚤 써서 주며 히죽 웃었다. 저희 식구끼리 다녀온 여행 때마다 할머니도 같이 가고 싶었다던 내 농담이 미안했을까. 숙제를 마친 듯한 손녀 얼굴에 나는 뽀뽀 세례를 퍼부었다.

그런데 폭우 예보가 마음에 걸렸다. 아들 내외는 일정표를 수정했다. 우선 손녀들이 좋아하는 에코랜드 테마파크를 다녀오고 비가 오면 실내 관광을 하면 어떻겠냐고 했다. 남편은 우린 아무 데고 좋으니 너희 둘이 결정하라고 물러앉았다.

그런데 뜻밖의 제안이 들어왔다. 낚시였다. 나는 단번에 거절했다. 며칠 전 다뉴브강 사고는 아직 실종자도 못 찾고 있는데 배를 탄다고? 게다가 애기들까지? 말도 안 되는 소리였다. 더구나 나는 방생을 하던 불자이지 않은가. 처음 온 가족여행에 보고 즐길 거리가 얼마나 많은데 생뚱맞은 낚시라니.

하지만 내 편은 아무도 없었다.

"할머니, 우리 갈치 잡으러 가요, 네? 길따란 갈치 잡고 싶어요."

"이런 기회가 아니면 언제 가요? 이미 돈도 다 줬는데."

"애들이 이렇게 좋아하는데 당신 혼자 왜 그래?"

연이은 공격에 갑자기 분위기가 싸늘해졌다. 내 편을 들고 싶었을 며느리는 말도 못 꺼내고 눈치만 살폈다.

"아이 몰라. 맘대로 해요. 온 백성이 다 원하는데 나 혼자…."

그렇게 통과된 낚시는 다음 날 떠나게 되었다. 이튿날까지 이어질 거라는 폭우 예보에 취소를 기대했지만 환불이 아까운지 일단 와 보라고 했다.

현장에 도착했다. 언제 큰 파도가 덮칠지 모르는 망망대해. 부슬부슬 내리는 비는 멎을 것 같지 않은데 무조건 승선을 하라고 손짓을 했다.

"10분 정도 나가고 두 시간 이내면 들어오니까 너무 염려 마세요. 이런 분이 한 마리만 잡으면 더 미친다니까."

맨 뒤에서 꾸물대는 나에게 선장 부인이 등을 밀며 말했다.

일행은 우리를 포함하여 다섯 가족 정도 되었다.

배가 정박하자 먼저 구명조끼를 나눠 주면서 낚시 방법을 설명해 주었다. 미끼 새우를 바늘에 꿰는 법, 릴을 풀고 감는 법, 잡은 고기 빼는 법 등 초보 낚시꾼은 배울 게 많았다. 낚싯대는 가장자리에 고정해 놓아 버튼만 누르면 줄을 감거나 풀 수 있었다. 모두 하나씩 차지했지만 나는 멀찍이 물러앉았다.

그런데 금세 탄성이 터졌다.

"왔다, 왔어!"

"어, 걸렸다!"

"할머니, 잡았어요! 아빠가."

나는 얼른 일어났다. 한 뼘 정도의 진회색 물고기가 양동이 안에서 몸부림을 치고 있었다. 며느리는 낚싯대를 높이 들고 안절부절못했다. 손녀들은 고기 걸린 낚싯대를 서로 잡겠다고 야단이었다. 배 위가 부산해지면서 미끼 끼우기가 바빠졌다. 가만히 앉아 있으니 그거라도 좀 도와줄까 싶어 다가갔다.

선장이 일러준 대로 한 손에 바늘을 잡고 새우 한 마리를 집어 살며시 밀어 보았다. 흐느적거리던 새우가 통통하게 모양이 잡혔다. 재미있었다. 한 마리 더 집었다.

"아야!"

순식간에 손끝을 뚫은 바늘. 날카로운 바늘 끝이 새우

꼬리가 아닌 내 손톱 밑으로 쑥 들어갔다. 워낙 깊이 들어간 데다 중간에 고리가 있어서 정상적으로는 빠지질 않았다.

선장이 달려왔다. 그는 고개를 젓더니 다시 가서 펜치를 들고 왔다. 피는 계속 흘렀다. 선장은 펜치로 실이 묶인 바늘머리를 자른 후 끝을 잡고 반대 방향으로 당겼다. 빠졌다.

"엄마, 미안해요. 그렇게 싫어하는 걸 내가 괜히 우겨서."

"할머니 괜찮아요? 많이 아프죠?"

"어머니, 어떡해요."

비는 그쳤지만 배 위의 분위기는 아까보다 더 어두워졌다. 모처럼 신나하던 아이들에게 할머니의 부주의가 엉망으로 만들어 놓은 것 같아 미안하기 짝이 없었다.

선장은 잡은 고기를 거두어 큰 놈 몇 마리는 회를 뜨고 작은 놈들은 모두 놓아 주었다. 하지만 우리 가족은 아무도 그런 일에 관심이 없었다. 뱃멀미가 심해 도중에 방으로 들어간 남편이 그제야 상황을 알았으니 다행이라 해야 할까.

숙소로 향하는 줄 알았는데 차는 서귀포 의료원 앞에 멈추었다. 주말 오후라 병원이 모두 문을 닫아 그곳으로 왔다고 했다. 아들이 앞장섰다. 응급실로 따라가 치료를 받고 나오니 문 앞에 가족들이 웅크리고 있었다.

얼마 전 베트남 여행에서 다리를 다쳐 그곳 병원을 다녀온 경력에 또 하나를 보탰으니 확실한 사고쟁이가 되었다. 빨리 대처해 준 아이들 덕분에 남은 일정은 모두 맑음이었지만, 손녀들 일기장엔 〈사고쟁이 할머니〉가 그려 있지 싶다.

나의 아버지

"쿵 쾅 쿵 쾅!"

오늘도 길 건너 공사장에서는 요란한 소리가 들려온다. 주상복합 40층 공사. 준공 날짜에 쫓기는지 주말 아침도 막무가내다. 그에 맞서 우리 아파트 주민들의 불만도 그때마다 쿵쾅 쿵쾅이다. 이상한 냄새가 난다는 둥, 회사로 몰려가자는 둥, 달궈진 주민 카페가 식을 줄 모른다.

설거지를 하면서 창문 너머 현장을 보고 있자니 오래전 돌아가신 친정아버지 생각이 났다.

아버지는 참 무서웠다. 그 시절 모든 아버지가 그랬겠지만, 환갑이 지난 지금까지도 나는 돌아가신 아버지의 호통이 들려 멈칫할 때가 있다. 그건 우리 형제들뿐만 아니었다. 동네 사람들, 심지어 어린애까지도 '방간집 어른' 이라고 하면 조심하고 울다가도 그칠 정도였다. 방앗간을 줄여 '방간'에 붙인 어른이란 호칭도 그 두려움 때문이지 싶다.

우리 형제들은 학교에 가거나 심부름 외에는 항상 아버지 눈앞에 있어야 했다. 친구 집에 못 가는 건 물론이고 그들이 나무하러 자주 간다는 '딱박골'만은 꼭 한 번 따라가 보고 싶었는데 그것마저 수월치 않았다. 여자는 밖에 내놓으면 안 된다며 수학여행 말고는 놀러 한 번 못 갔으니, 그 점에서는 어머니도 늘 미안해하셨다.

그러나 먹는 것만큼은 어느 집 부럽지 않게 챙겨 주셨다. 장날이면 참외나 사과 같은 것을 소쿠리째 사다 나르고 고기도 자주 먹여 주었지만 새장 안에 갇힌 새는 행복하지 않았다.

정미소는 내가 태어나기 전부터 있었기 때문에 아버지 직장은 정미소였다. 그래서 그런지 배고픔은 모르고 지냈다. 아니, 친구들이 얼마나 배고픈지도 몰랐다. 추곡 수매로 거둬들인 벼를 창고마다 쟁여 놓고 밤낮 없이 찧어

댔으니 그까짓 쌀이 뭐 그리 대수였을까. 장롱 서랍을 빼내면 바닥에 돈다발이 깔려 있었다. 스무 명이 넘는 인부들 품삯을 준비하고 정미소 살림을 꾸려야 했으니 늘 현금이 필요했던 모양이다.

그렇지만 아버지는 무척 알뜰하셨다. 마을은 물론 의성군 내에서도 부자로 이름났지만 한푼도 헛되이 쓰지 않으셨다. 당신 자신을 위해서는 낚시가방 하나 사는 것도 아까워 비료 포대에 싸서 다니는가 하면, 화장지도 두 칸만 잘라 가운데 신문지를 끼워 사용하셨다. 야학이 전부인 학력이지만, 큰아버지를 지역 국회의원으로 만드는 데 재산을 거의 쏟다시피 했으니 형제애 또한 대단하셨다.

우리들 기성회비도 그랬다. 고지서를 받으면 한 번 정도는 일등으로 내고 싶었지만 아버지 생각은 달랐다. 내가 빨리 갖고 가면 가정형편 어려운 아이들을 더 독촉한다며 선생님이 내 이름을 몇 번씩 부를 때까지 미루셨다.

"아부지요, 기성회비 우리 반 아~들 거진 다 냈어요."

기어들어가는 목소리로 겨우 입을 떼면 그제야 건네주셨다.

그렇다고 주변 사람들에게까지 인색한 것은 아니었다. 어려운 사람에게 쌀가마니를 보내 주고 취업이 힘든 젊은이는 일자리도 찾아 주셨다.

아버지는 주로 한복을 입고 외출할 때는 양복을 입으셨지만 미남은 아니었다. 보통 키에 가무잡잡한 얼굴, 턱수염도 많고 눈썹도 짙었는데 안타깝게 머리카락이 별로 없어서다. 차마 아버지를 놀릴 수 없는 짓궂은 어른들은 우리를 만나면 "어이 홍글레~" 하면서 앞머리를 뒤로 넘기는 시늉을 했다. 홍글레는 메뚜기의 일종인데 내가 봐도 이마가 꼭 우리 아버지를 닮긴 했다. 그 속상함 때문인지 김상희가 부른 '대머리 총각'은 내가 제일 싫어하는 노래였다. 그런 아버지가 하필이면 육성회장을 맡아 학교에 오시는 날은 숨고 싶었다.

그렇게 무서운 아버지도 병마에는 속수무책이었을까. 소화가 안 된다며 오빠가 사는 서울 병원에 가시더니 간암 말기 판정을 받아 오셨다. 내가 스물셋인 겨울이었다. 우리 가족은 믿어지지 않았다. 아버지도 마찬가지였다. 입맛이 돌아 기운만 차리면 된다며 여전히 정미소를 드나드셨지만 병세는 깊어졌고, 나중에는 정미소에 딸린

사무실 방에 자리를 잡고 누우셨다.

바쁜 어머니 대신 아버지 간병은 내가 맡았다. 늘 무섭다고만 생각하고 다정한 말벗 한 번 못해 드리던 내가 곁에 앉아 다리를 주무르고 라디오 다이얼을 맞춰 드리면 스르르 눈을 감곤 하셨다. 나는 돌아앉아 속울음을 울었다.

봄이 되자 정미소 건너편에 공사가 시작되었다. 새마을사업이라며 도랑 바닥과 벽을 시멘트로 바르고 그 위에 뚜껑을 덮는 작업이었다. 그런데 그 자재를 모두 우리 정미소 마당에 쌓아 놓더니 철근을 자르는지 자그러운 소리가 멈출 줄 몰랐다. 나도 짜증이 나는데 편찮으신 아버지는 얼마나 힘드실까 생각하자 내 신경도 그 소리만큼 곤두섰다.

"아이구, 시끄러버 죽겠네. 왜 하필 우리 마당에서 저 카노!"

아버지를 위한답시고 나는 더 짜증을 섞어 투덜거렸다.

"그런 말 하면 안 돼. 저 일이 내 집 일이라 생각해 봐라. 얼매나 신이 날 끼고."

금세 내 마음이 편안해졌다.

살아가면서 종종 아버지 말씀이 귓전에 맴돌곤 한다. 항상 나보다 못한 사람 입장을 헤아리라는 배려. 말은 대번에 내뱉지 말고 숨 한 번 들이쉰 다음 하라는 것과 남 앞에서 튀는 행동 하지 말라는 당부는 환갑을 넘긴 지금까지 머릿속에 떠다닌다.

"쿵 쾅 쿵 쾅!"

요란한 소음이 또 귀를 찌른다. 공사장에서 제일 가까운 동이라 먼지와 소음이 더 심하다. 상가가 완공되면 가장 편리하게 이용할 수 있다는 이점을 어찌 모를까마는, 그것이 내 일이라는 건 헤아리지 못했다.

주방 창문을 활짝 열었다. 하늘을 향해 쭉쭉 올라가는 건물.

"저 일이 내 집 일이라 생각해 봐라. 얼매나 신이 날 끼고."

나직한 아버지의 목소리가 그 사이로 들리는 것 같다.

글씨로 남은 이귀녀 여사

비가 그쳤다. 새잎이 돋은 때가 어제인 듯한데 어느새 오색 꽃물이 들고 있다. 빛을 받은 이파리가 유리알처럼 반짝인다. 뒤이어 다가오는 또 다른 계절, 신비함보다 외로움이 앞선다.

들고 있던 커피잔을 놓고 장롱 문을 연다. 미뤄 둔 옷장 정리를 할 참이다. 들었다 놓았다를 몇 번씩 반복하다가 다시 챙겨 넣는 버릇은 이번이라고 다르지 않다. 얼추 끝나갈 무렵, 깊숙한 곳에 상자 하나가 보인다.

뚜껑을 연다. 편지 모아 둔 파일 몇 권과 사전 크기만 한 책이다. 맨 위에 얹힌《어머님 글씨》, 가슴이 먹먹하다.

내가 어릴 적, 어머니도 이렇게 옷 정리를 하셨다.

철 지난 옷을 서랍 안에 차곡차곡 개켜 넣고 사이에 좀 약을 넣은 후 아래위는 신문지를 깔고 덮었다. 나는 볼 때마다 신기하여 그 곁을 떠날 줄 몰랐다.

"이거는 내가 열세 살 먹어 쓴 기다."

서랍 바닥에 책이 드러나면 어머니는 늘 같은 말씀을 하셨다.

"이건 효도가, 여기서부터는 화조가…."

이해도 못하는 고어를 한 자 한 자 읊어 내려가면 나는 슬며시 고개를 돌리곤 했다. 언제 썼다는 것도 무슨 내용인지도 관심 없는 딸이건만, 운율에 맞춘 구성진 목소리는 내 표정도 아랑곳없이 가사의 주인공이 되어 가고 있었다.

뒤늦게 발견한 죄송함 때문일까. 남동생은 그 책을 제본소에 맡겼다. 그리고 《어머님 글씨》라는 표제를 달아 형제들에게 나누어 주었다.

첫 페이지를 넘겼다.

1. 김대부 훈민가

2. 여자 탄식가

3. 회포가

책을 흉내 내듯 첫 장부터 일일이 쪽 번호를 붙이고 맨 앞에는 목차도 만드셨다. 17번에서 끝난 다음에는 '없다'를 써서 마지막임을 알렸는데, 붓으로 쓴 글씨가 한자리에서 쓴 것처럼 고르고 깔끔하다. 그리고 '없다' 다음 줄에는 '책 주는 이귀녀'라고 해서 주인이 어머니임을 인감 찍듯 해 두셨다.

'김대부 훈민가'는 조선 후기 울진 지역의 김대부가 사대부 남성이 경계해야 할 삼강오륜의 도리에 대하여 읊은 가사라고 한다. 학창 시절, 내가 조선 후기 가사문학 리포트를 작성할 때 어머니의 가사집을 눈여겨보았더라면 그렇게 끙끙대지 않았을 텐데.

첫 장부터 천천히 넘긴다. 고른 글씨체로 무려 191쪽이다. 그런데 가운데 메모지가 한 장 들어 있다.

화조가는 여섯 줄 일고 보면 동구라미 친 태부터 귀글이다. 빠진 말도 만으니 말을 만더러 가겪서 보와라. 귀글 카는 것은 두 줄씩 이르고 얼든 것은 너리 이르고. 무삼가는 탑들 사람이 직접 자기 형을 위해 지은 건 시고 타향 회포가는 우리 집안 옵빠가 자기 고생한 것을 지엇다.

덧붙인 설명도 그렇지만 모르는 가사에 대한 배경까지 곁들여 놓은 어머니의 자상한 배려가 아직도 내 표정을 살피는 듯하다.

다음에는 파일을 연다. 신혼 초 해외에 나간 남편과 주고받은 편지 모음집이다. 별것 아닌 것으로도 이렇게 보관하고 기록해 둔 걸 보면 어머니의 꼼꼼한 성품을 닮지 않았나 싶다.

첫 장을 넘긴다. 낯익은 글씨체, 어머니의 편지다.

현서에게

자네를 수만리 타국에 보내고 주야로 잊을 수가 없더니 이제야 마음 놓겠네... 사위 사랑은 장모라는데 재미없는 이 장모는 사위 사랑도 할 줄 모르고 꿈같이 떠나보내고 나니 너무나도 허전하네. 초연 고생은 은을 주고 산다는데 마음 크게 먹고 참고 견디게. 할 말은 많으나 다음으로 미루고 이만 끝네.

잘 도착했다는 남편의 편지를 받고 답장을 쓸 때 어머니도 사위에게 한 장 써서 넣은 모양이다. 결혼 넉 달

만에 떨어져 사는 딸 내외를 보고 안쓰러운 마음으로 쓴 것 같은데, 사위를 '현서'라고 높여 부른 호칭도 어머니답다.

정미소를 운영하는 아버지가 편찮으시기 전까지 어머니는 스무 명 넘는 인부들 식사를 손수 해 주셨는데, 그들의 출근일지 기록도 어머니 몫이었다. 하루 세 끼 식사하는 장면을 눈여겨보았다가 밤이면 졸린 눈을 비벼가며 장부를 펼쳤다.

결석한 사람은 가위표, 반나절만 한 사람은 세모를 그렸는데 그 옆에 '어깨 다침, 자기 집 보리 갈기'라고 곁에 이유를 적어 두니 일한 횟수가 틀릴 리가 없었다. 학력이라고는 야학 수준밖에 안 되는 어머니가 수십 년 동안 그런 회계까지 겸했다는 것도 타고난 능력이지 싶다.

"내가 이 글 안 배웠으면 어쩔 뻔했노?"

결혼 15년 만에 낳아 금지옥엽으로 키우던 딸에게 글 배우기를 신신당부하시더라는 외할머니를 어머니는 늘 그렇게 고마워하셨다.

여든이 넘어 혼자 지내면서도 영어까지 배우겠다며 KBS, MBC 알파벳을 빼꼭히 쓰셨던 학구파 우리 어머니.

비록 맞춤법과 격식은 어긋나지만 조선시대 여인들의 어느 내간에 비길 데 없는 정갈한 필체의 편지. 유품이 되고 만 어머니의 글씨가 이 가을 내 마음을 단풍처럼 물들이고 있다.

개포동 아파트 5동 302호

늦가을 정오 무렵, 버스는 모퉁이를 돌고 있었다.

'다음 정류장은 개포주공 1단지입니다.'

벨을 누르고 카드를 찍었다. 재개발을 앞둔 탓인지 인적 없는 정류장엔 쓸쓸함만 가득했다. 퇴근 시간이면 아이 손을 잡고 마중 나오던 오솔길, 그 사이로 기억을 더듬어 천천히 걸음을 옮겼다.

우람하게 자란 플라타너스 사이로 칠이 벗겨진 아파트가 얼굴을 내밀었다. 왁자지껄하던 아이들, 활기차던 젊은이들은 어디로 갔을까. 고개를 들어 벽면의 숫자를 살폈다.

5동 302호. 처음 장만한 37년 전의 내 집, 서른도 안 된 내가 집주인 되던 날이 어제처럼 떠올랐다.

신혼 넉 달 만에 우리 부부는 떨어져 지내라는 통고를 받았다. 생각지도 못한 남편의 해외 발령이었다. 나는 짐을 싸서 시어머님이 계시는 시골로 내려갔다. 그곳에서 아들도 낳고 알뜰히 모은 남편의 월급으로 아파트를 샀다. 순전히 우리 힘으로 거둔 결혼 두 해 만의 결실이었다.

이사는 남편이 오기 전에 해 두기로 했다. 박스를 구해 이삿짐을 꾸릴 때는 콧노래가 절로 나왔다. 처마 밑까지 밀어 넣은 트럭에 서울에서 가져간 내 살림살이를 다시 실었다. 나는 돌쟁이 아들을, 어머님은 네 살짜리 조카를 무릎 위에 올리고 운전석 옆에 나란히 앉았다. 다리 한 번 제대로 펼 수 없는 여섯 시간의 강행군이었지만 꽃마차를 탄 것 같았다.

개포동 아파트에 도착했다. 그런데 어머님 얼굴빛이 바뀌었다. 서울이라고 잔뜩 기대를 하셨는데 번듯한 빌딩은 고사하고 배밭만 보이는 시골이어서였다. 게다가 마당도 없는 열세 평 아파트니 어머님 말씀대로 콧구멍만 하다는 표현이 맞았을지도 모른다. 혼자 뙤약볕에 애를 업고 다니며 애쓴 보람도 허사가 되었다.

내가 일꾼을 부르려고 하자 이까짓 짐을 가지고 무슨 사람을 사느냐며 못마땅해하셨다. 난감했다. 아이도 둘이나 있는데 이 많은 짐을 어떻게 올린단 말인가. 어머님이 원망스러웠다.

때마침 트럭을 봤는지 젊은 총각이 다가왔다. 자기가 도와줄 테니 신문을 좀 봐 달라는 것이었다. 어머님은 대뜸 그러라고 하셨다. 운전기사는 장롱만 올려 주고 시동을 켰다. 총각도 슬그머니 사라졌다. 어수선한 짐에다 맞벌이하는 손윗동서가 맡긴 조카까지. 정말 감당이 되지 않았다.

아이 둘은 쉴 새 없이 박스 사이를 기어다니고 어머님과 나는 어두울 때까지 계단을 오르내렸다. 젊은 나도 지쳤는데 어머님은 얼마나 힘드셨을까만, 그 와중에도 어서 알뜰히 모아 '땅집' 사라는 말씀만 하셨다.

내 생전 그런 이사는 처음이었다고 농담처럼 말하면 빙그레 웃으시던 어머님. 그토록 원하시던 땅집을 못 보고 몇 달 전 세상을 떠나셨으니 안타까운 마음뿐이다.

갖가지 소식을 머금은 편지함, 한번 나오면 들어갈 줄

모르는 아이와 수십 번씩 드나들던 계단, 모두 박제된 듯 그대로였다. 인기척도 없는 아파트 앞마당에서 추억을 되새기고 있는데 녹슨 그네가 손짓을 했다. 풀숲에 가려 분간도 안 되는 놀이터, 그 속에서 황당했던 사건 하나가 비집고 나왔다.

아들이 네 살 때였다. 그날도 애들은 놀이터에서 놀고 엄마들은 우리 집에 모여 있는데 갑자기 문밖에서 다급한 소리가 들렸다. 주방 창으로 보니 야쿠르트 아줌마가 온몸을 흔들며 손짓했다.

나는 구르듯 계단을 뛰어 내려갔다. 피범벅이 된 아이 얼굴. 무조건 들쳐안고 상가에 있는 소아과로 뛰었다. 눈 위에서는 계속 피가 솟고 있었다. 발버둥치는 아이를 침대에 눕히고 간호사와 나는 힘껏 움켜잡았다. 선생님은 침착하셨다

"조금만 참아 인마. 장가가는 데 지장은 없어야 할 거 아냐."

그 와중에도 여유를 잃지 않은 젊은 선생님이 그렇게 든든할 수가 없었다. 반창고를 붙이고 나오니 신발 한 짝을 든 위층 엄마가 하얀 얼굴로 서 있었다. 자기 아들

이 병으로 때렸다는 것이었다. 화가 치밀었다. 두 해 전 대수술까지 한 아이인데 병으로 때리다니. 놀다 한 짓이라 말도 못했지만 그 일로 둘 사이는 더 친해졌다.

상가 쪽으로 발길을 돌렸다. 빛바랜 간판들이 그대로였다. 징검다리를 건너듯 눈망울을 옮기다가 낯익은 간판에 시선이 멈추었다.

소아과! 몇 번을 봐도 틀림없었다. 간판만 남았겠지 하다가 그래도 확인해 보고 싶었다.

2층으로 올라갔다. 복도 끝에 희미한 글씨가 보였다. 가까이 갔다.

송영명 소아과.

반가웠다. 그런데 불이 꺼져 있었다. 문을 밀어 보았다. 인기척을 들었는지 간호사가 나왔다.

"여기 송영명 선생님 아직 하세요?"

"그럼요. 점심시간이니 이따가 오세요."

바로 문은 닫혔지만 횡재라도 한 것 같았다. 계단을 내려갔다. 썰렁한 상가 안은 주인도 손님도 보이지 않았다. 몇 바퀴 둘러보는데 꽃가게가 눈에 띄었다. 소국 두 다발을 포장하여 다시 올라갔다.

대기실엔 어느새 어른 예닐곱 명이 앉아 있었다. 아이 환자가 없으니 피부과를 겸하는 모양인데, 여전히 한쪽 벽에는 아기들 스냅 사진이 잔뜩 붙어 있었다.

무슨 말부터 꺼내야 할까. 손님도 많고 기억도 못하실 텐데 괜히 왔나. 꽃만 두고 갈까? 망설이는 사이 내 차례가 되어 버렸다.

"들어가 보세요."

간호사가 진료실 문을 열어 주었다. 선생님은 머리숱만 좀 적어졌을 뿐 옛 모습 그대로였다.

"안녕하세요, 선생님. 저 기억하시겠어요? 여기 막 입주했을 때부터 다니던 양희봉 엄마예요."

벌떡 일어나시는 선생님. 곱상한 얼굴에 유난히 짙은 눈썹과 나직하면서도 정겨운 목소리는 세월을 비껴 간 듯했다.

"아휴, 꽃을! 내가 여기 오래 있으니 이렇게 종종 찾아오시는 분이 있어요. 얼마 전엔 진료 받은 아이가 오더니. 그런데 애기 이름이?"

입을 못 다문 선생님은 연신 꽃에 얼굴을 묻으며 오래된 기억을 뒤적이셨다. 병에 맞은 사건, 큰 수술 후라

매일 오다시피 했다는 얘기도 그저 "허 허" 하는 추임새로만 대신할 뿐 전혀 가늠이 안 되는 눈치였지만 그게 무슨 상관이랴.

"두 분 너무 반가우신가 봐요. 사진 한 장 찍어 드릴까요?"

지켜보던 간호사가 거들었다. 두 사람은 꽃다발을 사이에 두고 활짝 웃었다.

"선생님, 건강하십시오."

"아이구, 고마워서 어쩌지요. 이 꽃 잘 보관해라. 진짜 귀한 거다."

간호사에게 꽃을 건넨 선생님은 대기실까지 따라 나오셨다.

천천히 계단을 내려왔다. 노란 은행잎이 금박을 뿌리듯 쏟아져 내렸다. 머지않아 사라질 내 젊은 날의 흔적. 하마터면 놓칠 뻔한 삼십여 년 전의 타임캡슐을 꺼내 본 날이었다.

편지왕 민준이

주변에는 뜻 맞은 사람끼리 활동하는 모임이 많다. 운동이나 여행이 있는가 하면 그림이나 음악으로 맺은 동호회도 있다. 나도 그렇다. 삼십 대 후반부터 시작한 모임이 있으니까.

이곳은 전국편지쓰기대회 수상자들이 모인 사단법인 '한국편지가족'으로 회원은 모두 여성이다. 널리 알려진 활동으로는 편지강좌가 있는데, 주로 초등학생 대상이 많다.

학교에서는 두 교시를 90분 연강으로 진행한다. 편지에 대한 형식이나 정감 있는 표현법 그리고 봉투 쓰는 방법을 ppt로 알려 준 후 실습에 들어가면, 늘 90분이

빠듯하다.

글쓰기 싫어하는 요즘 아이들이 그 시간을 좋아하는 것은 시상품이 있다는 점일 게다. 완성한 편지를 그 자리에서 심사하여 각 지방우정청에서 후원하는 상을 주는데, 상장과 함께 편지글을 모아 엮은 책이 부상으로 나간다. 특히 상장을 안고 찍은 사진으로 만들어 주는 '나만의 우표'는 아이들 흥미를 돋우지 싶다.

카네이션 향기 가득한 오월은 가정의 달이라 원하는 학교가 많다. 늘 수업 준비는 물론 의상이며 머리에 신경을 쓰는데, 그날은 너무 바빠 대충 만지고 갔다.

3학년 1반. 교실 문 앞에 걸린 스물네 명의 귀여운 사진이 반겨 주었다. 노크를 했다. 담임 선생님이 문을 열자 올망졸망한 눈빛이 둥지 안에서 엄마 입을 쳐다보는 새끼 제비처럼 쏟아져 나왔다.

"엇, 할머니다!"

문도 닫기 전에 터져 나오는 소리. 담임 선생님도 놀랐는지 얼른 손가락을 입술에 댔다. 그리고 내 소개를 한 후 자리를 비켜 주셨다.

"어! 박명자? 우리 할머니도 박명잔데."

맨 앞에서 이름표를 빤히 쳐다보던 녀석이 돌팔매를 던졌다. 실타래가 엉켰다. 나는 얼른 교탁 위에 있는 종을 흔들었다.

"땡 땡 땡."

찬물을 끼얹은 듯 정적이 내려앉더니 이내 난장판이 되었다. 통제 불능 상태였다. 외부 강사로 젊고 예쁜 선생님을 기대했는데 나이든 사람이라 그런 걸까.

나는 우리 단체의 하는 일과 수업 진행에 대해 설명하면서 이럴 때를 대비하여 준비해 둔 구급약을 꺼냈다.

"자, 잘 들어 보세요. 선생님은 오늘 우리 친구들을 처음 만나서 누가 수업 태도가 좋은지 나쁜지 모릅니다. 그러니까 수업 중 옆 사람과 얘기하는 사람은 선생님보다 아는 게 많아 그 친구에게 가르쳐 주느라 그러는 것으로 생각해서 자리를 바꿀 겁니다. 그러면 선생님은 그 친구 자리에 앉아 수업을 듣고, 그 친구는 음, 어디로 갈까요?"

"선생님 자리로요."

"맞아요. 우리 3학년 1반 친구들은 정말 똑똑하네요. 그 친구가 선생님 대신 가르쳐 주면 됩니다. 재미있겠지요? 하지만 수업 태도가 좋고 편지를 잘 쓴 친구에게는 마칠 때 상을 줄 겁니다. 오늘 누가 상을 받을지 궁금하지 않나요?"

귀를 쫑긋 세운 아이들은 약속이나 한 듯 의자를 당기고 허리를 폈다. 할머니라고 만만하게 보던 기색도 가신 듯했다. 기회를 놓칠세라 나는 얼른 파일을 열어 정리해 간 이론을 설명했다.

"자, 그럼 눈을 감고 3분만 생각해 봐요. 내일이 어버이날이니 엄마 아빠를 생각하며 그동안 고마웠거나 미안했던 일을 떠올리면서 그때 심정을 솔직하게 보여 드리는 거예요."

"그런데 선생님, 꼭 부모님 다 써야 돼요? 아빠가 안 계시면…."

가슴이 철렁했다. 한 부모 가정을 생각 못 한 것이다.

"그렇죠! 선생님은 초등학교 1학년 때 아빠가 돌아가셨으니 부모님이 계시지 않은 친구도 있을 거예요. 이런 기회에 안 계신 분께도 하고 싶은 얘기를 써 보는 건 어때요?"

나는 스물네 살 때 잃은 아버지를 얼떨결에 초등학교

1학년 때라고 거짓말을 했다. 어두워진 표정. 아이들은 곧 애처로운 눈빛을 거두고 연필을 들었다. 삭삭삭. 여기저기에서 연필 소리가 났다. 새소리, 물소리보다 아름다운 소리. 그것은 바로 마음에서 나오는 소리였다.

나는 앞자리에서부터 한 명 한 명 들여다보며 봉투도 확인하고 도입 부분이 잘 되어 가는지 살피다가 유난히 보여 주기를 꺼리는 아이 곁에 멈추었다.

'보고 싶은 아빠께'

노트로 가린 채 얼굴을 묻은 아이, 봉투에 적힌 이름은 김민준이었다.

"민준이 벌써 이만큼 썼어? 글씨도 아주 잘 쓰네."

이미 아이의 내용을 훔쳐본 나는 시치미를 떼고 등을 토닥여 주었다. 혹시라도 선생님과 자리를 바꾸게 될까 겁이 난 아이들은 상에 대한 욕심까지 더하니 단숨에 편지지 한 장을 채운 후 손을 들었다.

"다 쓴 친구는 화장실 다녀와도 되니까 살그머니 다녀오세요."

나는 아이들의 편지를 하나하나 읽어 보고 확인했다. 맞춤법까지는 아니더라도 수식어가 들어간 호칭에서부터 ○○ 올림까지, 잘못된 부분은 고쳐 쓰라 일렀다.

마지막으로 낸 아이는 눈자위가 불그레해진 민준이었다. 그동안 아빠가 너무너무 보고 싶었다며 형이 괴롭힌 이야기, 4학년이 되면 엄마가 휴대폰을 사 주기로 약속했다는 내용도 있었다.

"자, 지금부터 시상을 하겠습니다. 오늘 3학년 1반 으뜸상은 두두두두, 김.민.준!"

눈을 동그랗게 뜨고 숨을 죽인 아이들은 민준이를 향해 박수를 쳤다. 머리를 긁적이며 걸어 나온 아이에게 나중에 보신 담임 선생님도 박수를 크게 쳐주셨다. 마치 교실 안에 연꽃 한 송이가 솟아오르는 같았다.

다음은 옆 반 교실이었다. 수업을 마치고 나오는데 뒤에서 부르는 소리가 들렸다.

"편지 선생님, 안녕히 가세요."

계단 손잡이에 기대 손을 흔드는 아이, 민준이었다.

"어, 편지왕 민준이구나!"

언제부터 기다렸을까. 나는 돌아서서 아이를 꼭 안아주었다.

내 품에 안긴 민준이의 어깨가 가늘게 떨리고 있었다.

마지막 자격증

어떤 분야에서 능력을 인정받으려면 자격증이 필요하다. 국가에서 주는 것이라면 더할 나위 없겠지만 전문기관에서 받는 것도 괜찮은 것 같다. 그 사람을 평가할 수 있는 기준이 되어서일까. 나도 더러 욕심을 내본 적이 있다.

먼저 운전면허증이다. 운전을 하고 싶다기보다 솔직히 면허증이 탐나서였다.

필기시험에 통과하자 실기 준비에 들어갔다. 처음 운전석에 앉을 땐 너무 무서웠다. 자칫하면 차가 앞으로 튕겨 나갈 것 같았다. 나는 절대 운전은 하지 않을 것이니 쉽게 면허 따는 요령만 알려 달라고 부탁했다. 강사는 운전도 안 할 거면서 면허증은 따서 뭐할 거냐고 웃었다.

수차례 탈락 끝에 간신히 통과했다. 서른 후반에 쥔 2종 면허증. 시간이 흐르자 그것이 1종이 되고 녹색으로 승급도 되었다. 게다가 무사고 경력 30년도 채웠으니 모범 운전자가 아닌가.

그러니까 어디 가서 신분증을 보여 달라면 운전면허증을 내민다. 차를 몰지도 못하면서 운전 정도는 할 수 있다고 은근히 허세를 부려 보는 거다.

두 번째도 있다. 남편은 내가 만든 음식 맛에 인색했다. 아무리 신경 써서 밥상을 차려도 칭찬은 고사하고 억지로 삼키는 듯했다. 자라면서 먹던 어머님 반찬에 길들여진지 모르지만 나로선 무척 속이 상했다. 다른 사람에게서 아무리 칭찬 받는다 해도, 남편 입맛 하나 못 맞추는 내가 과연 아내 자격이 있는가 싶어 식탁 앞에서 늘 주눅이 들었다.

그러던 어느 날 구민회관에서 요리강좌가 있다는 얘기를 들었다. 필요한 사람에겐 조리사 자격증도 도와준다니 솔깃해서 등록을 했다. 남편에게는 비밀로 하고 열심히 다녔다. 물론 자격증 준비도 했다.

필기시험까지 마쳤는데 실기시험이 하필이면 일요일이었다. 몰래 다녀오는 것도 문제지만 냄비, 프라이팬, 대접, 칼, 국자 등 챙겨야 할 주방기구가 양손 가득이었다. 미리 문밖에 내놓고 꼭 다녀올 일이 있다고 둘러댔다. 떨어지면 망신일 것 같아서였다.

합격자 발표 하루 전날이었다. 아침부터 가슴이 콩닥거렸다. 이번에 실패하면 또 그 과정을 다시 거칠 생각을 하니 더 불안해졌다.

자정이 지났다. 곤하게 잠든 남편 곁에서 떨리는 손으로 전화기 버튼을 눌렀다.

"박명자 님, 합격입니다."

'와!' 하고 소리를 지를 뻔했다.

남편을 흔들었다.

"여보, 나 합격이래."

"뭐가?"

"조리사."

들었는지 말았는지 남편은 다시 잠이 들었다. 다음 날 아침에도 축하한다는 말 한마디 없었지만 그런 거 정도야 따질 일도 아니었다.

얼마 후 남편은 친구들을 초대했다. 평소 때와 달리 주방을 자꾸 기웃거리더니 만들어 놓은 음식까지 날라 주었다.

친구들이 들어왔다.

"아니, 이건 요리사를 불렀나?"

"우리 사이에 요리사까지."

자리에 앉기도 전에 한마디씩 했다.

"부르긴 임마, 우리 마누라가 요리사지."

좀처럼 볼 수 없는 의기양양한 목소리였다.

자격증 하나가 이렇게 큰 힘이 될 줄이야. 그 후 내 요리에 대한 비판은 거의 듣지 못했다.

또 하나 있다. 수필가로서의 문단 등단이다. 부끄럽긴 하지만 이것도 자격증에 넣고 싶다. 특기라곤 딱히 내세울 게 없는 내가 백일장 몇 군데서 상을 받은 후부터 취미란엔 '글쓰기'라고 적었다. 그리고 그 언저리를 서성였다. 운이 따랐는지 초회 추천을 거쳐 등단패를 받자 장식장 가운데 모셔 놓았다. 우리 가족이야 관심이 없지만 나를 가장 확대해서 보여 줄 수 있는 명함인 것 같아 볼 때마다 흐뭇하다.

이사를 하자 내 방을 좀 꾸미려고 가구점에 갔다. 아들 내외와 손녀들도 함께였다. 방 크기에 맞는 책장과 책상을 둘러보다가 한참 만에 마음에 드는 물건을 발견했다. 남편은 의자를 내밀며 앉아 보라고 했다.

"이건 성인용 책상인데요?"

곁에 있던 직원이 난감한 듯 말했다. '손주나 돌보고 집안일이나 꾸려 갈 할머니가 무슨 책상을?' 하는 표정이었다.

"이 사람이 쓸 거예요. 수필가잖아요, 수필가!"

남편은 그를 쳐다보며 '수필가'라는 말에 힘을 주었다.

"아, 그러세요? 작가님이시네요."

직원은 머리를 긁적이며 아주 적당한 물건을 골랐다고 추어주었다.

그동안 내가 글을 쓰는지 상을 받는지 전혀 관심 없는 줄 알았는데 수필가 자격증까지 기억하고 있을 줄이야.

그런데 어쩌랴. 운전면허증이 있어도 차를 움직이지 못하는 나는 조리사 자격증이 있다지만 간도 제대로 맞출 줄 모른다. 등단을 자랑했지만 내세울 작품 하나 없다. 모두 나를 돋보이기 위한 포장지가 아닐까 싶다.

이제 더 이상 그런 자격증을 준비할 의욕도, 획득할 능력도 없다. 그저 이쯤에서 그동안 긁적여 둔 글 조각을 이어 작품집이나 하나 엮어 둘까 한다. 어쩌면 이것이 나의 마지막 자격증, 내가 나를 인정하는 최고의 자격증일 수도 있을 테니까.

제2부

참 야속한 잠

더위가 점점 기승을 부린다. 뙤약볕까지 더하는 한낮의 거리는 바람 한 점 없다. 날씨 탓인지 버스 정류장엔나 혼자 서 있다. 양손에 시장보따리를 든 얼굴에 땀이솟는다.

할머니는 오늘도 좌판을 펼쳐놓고 손님을 기다리고 있다. 호박잎, 깻잎, 상추 그리고 풋콩이 전부다. 어릴 적소꿉놀이에서 순자가 하던 가게보다 가짓수가 적다. 내리쬐는 태양. 이럴 땐 잠시 비켰다 오면 좋으련만 검정우산 하나로 버티고 계신다. 미지근한 물바가지 옆에는아직 까다 만 콩이 네댓 단이나 누워 있다.

나는 그늘 밑에 서서 지나는 행인들의 눈길을 살핀다.

조금 전까지만 해도 열심히 콩을 까시던 할머니의 손놀림이 차츰 둔해진다. 어깨에 걸친 우산이 꿈틀하더니 꼬투리 쥔 손이 완전히 멎었다. 곤한 세상이다.

시장기를 채운 늦은 점심 탓일까. 밤새 기다렸을 텐데 하필이면 지금 오다니. 닳은 손톱 끝 까만 물이 애처롭다. 어디선가 파리 한 마리가 날아와 우산 위에서 미끄럼을 탄다.

'내가 왜 이러나. 정신을 차려야지.'

할머니는 몇 번이고 시침을 떼고 허리를 곧추세워 보지만 소용이 없다. 이번에는 손가락으로 바가지 물을 집어 야채 위에 끼얹은 후 다시 콩다발을 헤아려 본다. 오늘따라 장사가 영 시원찮은 눈치다. 잠을 쫓기 위해 안간힘을 쓰시는 할머니를 보니 어릴 적 어머니 모습이 떠오른다.

어머니는 늘 바쁘셨다. 낮에 하는 일은 그렇다 치고 밤에는 좀 자야 하는데 그게 아니었다. 밤낮으로 돌아가는 정미소 인부들의 밤참 때문이었다. 점심밥은 그렇다 쳐도 자정에 맞춰 내가는 밤참은 자칫하면 시간을 넘기기 십상이었다.

겨울밤은 더 버티기 힘들었다. 따뜻한 아랫목의 유혹을 떨치고 내일 먹을 나물을 다듬는다거나 바느질거리를 찾아 만져 보기도 하는데 겨울이라 주로 뜨개질을 하셨다.

저녁 설거지를 마치면 벌어진 손끝에 반창고를 붙인 다음 윗목에 앉아 대바늘을 잡았다. 새 실을 사서 뜨는 게 아니라 해진 털옷을 몇 번이고 풀어 다시 색깔을 섞어 무늬를 넣는 일이었다. 우리 형제는 아랫목에 누워 이불을 당기며 놀다가 새로운 무늬가 생기면 신기해했다.

처음에는 속도가 붙지만 몇 분도 안 되어 어머니 손놀림이 둔해졌다. 살그머니 몰려오는 잠의 습격. 바늘 쥔 손에 힘이 풀렸다. 마치 콩깍지를 쥐고 마취에 든 할머니처럼.

"엄마, 죽지 마!"

아랫목에서 지켜보던 남동생이 어머니 팔을 흔들었다. 어머니는 웃으며 눈에 잔뜩 힘을 주셨다. 그러고는 얼른 자세를 고쳐보지만 그때뿐, 바늘 잡은 손이 다시 멈추길 몇 차례. 그나마 정신이 들면 점검에 들어갔다. 코를 빠트려 구멍이 생기는가 하면 제때 배색을 넣지 않아 간격이 들쑥날쑥이었다.

"허허, 내 잠 니 가주가라."

빙그레 웃으시며 손끝으로 당신 눈의 잠을 찍어 우리 눈에 넣는 시늉을 하시던 어머니. 다음 날 머리맡에는 색색으로 짠 목도리거나 열 손가락이 움직이는 장갑이 마술처럼 놓여 있었다.

그런 어머니가 자식을 모두 짝지어 내보내고 혼자 남았다. 그토록 쏟아지던 잠도 따라갔는지 밤이면 더 적적하여 이웃집 개 짓는 소리도 반갑다고 하셨다. 어쩌다 자식들이 찾아가지만 기껏해야 하룻밤. 그것도 우르르 몰려다니니 어머니는 그 치다꺼리로 마주 앉아 속마음을 털어놓기도 힘들었다.

하루는 큰맘 먹고 내가 시간을 만들었다. 이제 얼마나 더 사시겠는가. 혼자 가서 말벗이나 해 드리려고 비장한 각오를 한 것이다. 어머니는 반가워 얼굴을 비비며 좋아하셨다.

오붓이 보낼 수 있다는 생각에 일찌감치 저녁상을 물리고 나란히 누웠다. 좋아하는 텔레비전 드라마도 그날은 덮어 두고 이야기보따리를 펼쳐 놓으셨다. 몇 번이나 했던 이야기도 여전히 반복하고, 우리 키울 때 얘기도 사진처럼 소상히 기억하셨다.

"그래도 신체가 니 정도는 돼야지."

딸 셋 중 가장 체격 좋은 나를 늘 보기 좋다고 추어주시는 어머니가 내 배를 쓰다듬으셨다. 모전여전일까. 밤새워 말벗을 해 드리기로 했는데 잠은 염치도 없이 들이닥쳤다. 잠포록한 하늘에서 쉴 새 없이 쏟아지는 함박눈처럼 마구 퍼붓는 잠의 공격. 이럴 땐 말을 많이 해야지 싶어 다시 꺼내 보지만 음주 운전자처럼 방향이 빗나갔다.

"하매 잠이 오는구마. 고마 자그라. 오느라 얼매나 디겠노."

몽롱함 속에서도 '자그라'는 말은 용케도 귀에 쏙 들어왔다. 눈을 감았다. 잠깐만 붙였다가 남은 이야기를 마저 잇기로 했는데 다시 떠 보니 아침이었다.

세상에서 가장 무거운 것이 눈꺼풀 위의 잠이라고 했던가. 말벗은커녕 비장한 각오도 힘없이 무너졌다. 꼬투리 쥔 할머니의 잠, 대바늘 잡은 어머니의 잠도 그렇지만, 그 밤이 어머니와 단둘이 보낸 마지막 밤이 되고 말았으니 나에게도 참 야속한 잠이었다.

여자는 좀 빈틈이 있어야

　젊은 부부의 다정한 모습을 보면 부러울 때가 있다. 명주처럼 감기지 못하는 나도 그렇지만 처서 지난 삼베 같은 남편 또한 그런 표현에는 늘 서툴어서다. 못질을 해도 망치는 내가 잡아야 편하니 그리 따질 처지도 아니지만, 자상한 남의 남편과 비교하는 버릇은 나이와 상관없는 것 같다.

　첫 추위가 몰려오는 어스름녘, 출판사에서 교정을 마친 후 근처 인사동에 들렀다. 내친걸음이라 얼른 겨울 치마만 하나 사서 들고 나왔는데 짧은 해는 금세 지고 말았다. 마음이 바빠졌다.

　환승을 거쳐 백병원 앞 정류장에 내렸다. 수도권 밖으

로 나가는 버스가 많은 곳인 데다 퇴근 시간이라 사람들이 북적였다. 휴대폰을 열어 버스 도착 정보를 검색했다. 15분 후 도착할 버스가 13좌석이나 비어 있더니 바로 앞 정류장에서 0으로 바뀌어 버렸다. 20분 정도면 뒤차가 오겠지만 입석이 안 되니 초조했다.

다음 버스를 찾아보았다. 그건 좀 여유가 있긴 한데 그만큼 승객 수도 늘어날 것이다. 그 자리에서 한 대밖에 없는 노선버스란 걸 알면서 서두르지 못한 게 후회되었다.

번호만 다를 뿐 같은 색깔의 버스가 줄을 이었다. 목을 빼고 기다리는 사람들 사이에서 나도 뒤꿈치를 들었다. 멀리 M4137이 모퉁이를 돌고 있었다. 준비를 단단히 했다. 이럴 땐 양보가 필요 없다. 무조건 발부터 올리고 보는 것이다.

버스가 내 앞에서 멈추었다. 잽싸게 올랐다. 앉자마자 "좌석 없습니다"라는 기사의 한마디. 간발의 차이로 '운수 좋은 날'이 되었다.

남편에게 카톡을 했다. 퇴근 전에 들어가야 했는데 미안하게 되었다는 말과 한 대 보내고 막 탔다고 하트까지 넣었다.

"오케이~"

비교적 기분 좋을 때 쓰는 표현, 맘이 놓였다.

버스가 고속도로에 들어섰다. 신나게 전용차선을 달리던 버스가 갑자기 갓길로 차선을 바꾸기 시작했다. 기흥 IC가 막혀 다른 곳으로 빠지려나 싶어 사방을 살피는데 이게 웬일인가.

M4101!

귀신한테 홀린 것 같았다. 벽에 붙은 노선표와 바깥을 번갈아 살피는 사이 버스는 점점 낯선 길로 들어가고 있었다. 창피함과 난감함. 이성을 잃을 지경이었다.

또 휴대폰을 열었다. 계속 검색해 보았지만 엉킨 노선은 거미줄처럼 나를 휘감았다.

"저기요, 내가 버스를 잘못 타서 그러는데 동탄 가려면 어디가 빠를까요?"

타자마자 게임에 빠진 옆자리 젊은 남자에게 겨우 입을 열었다.

"나, 동탄 어딘지 모르는데요."

망설인 시간에 비해 대답이 빨랐다. 남편에게 얘기해

봐야 위로는커녕 지청구만 들을 터. 서울로 다시 가야 하나? 몇 번이라도 환승이 나을까? 그 사이 버스는 첫 번째 정류장에 멈추었다.

사람들이 우르르 내렸다. 나도 모르게 일어섰다. 멀리 식당 불빛만 보일 뿐 큰 건물이라고는 눈에 띄지 않았다. 그들은 금세 골목 사이로 빨려 들어갔다. 나 혼자 지구 밖으로 버려진 기분이었다. 스산한 바람 소리에 두려움까지 엄습했다. 금방이라도 무엇이 튀어나올 것 같았다. 희미한 불빛 아래서 벽에 붙은 노선표와 휴대폰을 번갈아 보았지만 해답이 없었다.

그때 버스가 한 대 왔다. 손을 들었다. 일단 환한 정류장에서 정신을 차려야 할 것 같아서였다. 그런데, 그 버스 안 노선표에 죽전이 보였다. 반가웠다. 얼마 전 그 근처 어디에서 환승한 경험이 있었기 때문이다.

죽전의 어느 정류장에서 내렸다. 주변이 밝아 마음이 놓였다. 번호가 빼곡한 노선표를 보는데 낯익은 숫자가 들어 있었다. 우리 동네까지 가는 버스였다. 집 잃은 아이가 엄마를 만난 것 같았다. 버스를 탄 지 두 시간이 훨씬 지난 후, 그제야 남편에게 전화를 했다.

"여보, 나 큰일났어."

"왜?!"

"버스를 잘못 타서 이상한 데로 왔어."

"어딘데?"

"죽전 어딘 거 같은데 그래도 동탄 가는 버스 찾았으니 얼른 갈게요."

"어쩐지 올 때가 훨씬 지났는데 안 오더라, 잘 보고 타지."

살가운 관심. '알았어'만 해도 고마운 사람이 염려까지 해 줄 줄이야. 울컥했다. 28분 후 도착 정보도 두렵지 않았다.

"탔어?"

"어디쯤 왔어?"

3분이 멀다 하고 카톡이 울렸다. 나도 얼른 답을 보냈다.

"나 춥고 배고파."

"알았어, 다 와 가면 말해."

정류장에 내렸다. 시커먼 뭉치를 옆구리에 끼고 있는 사람, 남편이었다. 그는 얼른 들고 있던 옷을 내 어깨 위에 덮어 주었다. 장거리를 뛰고 결승점에 이른 마라톤

선수를 맞듯 날렵한 동작이었다.

나는 남편의 허리를 껴안았다.

"아이고, 왜 이카노. 옷부터 입어야지."

"얼마나 춥고 무서웠는지 알아?"

마중도 그렇지만 점퍼까지 들고 나오다니. 전에 안 하던 어리광을 부리며 더 추운 척하는 사이, 그는 슬그머니 쇼핑백을 받아들었다.

갑자기 남편이 낯설어 보였다. 다른 사람을 만난 것 같았다. 여자는 좀 빈틈이 있어야 남편에게 사랑받는다는 친정어머니 말씀이 떠올랐다. 지금까지 보지 못한 관심. 매사에 앞장만 서던 내 뒤에 그런 사람이 서 있을 줄이야.

구름 위를 걷는 것 같았다. 엉킨 그림자가 비틀거리며 앞장섰다. 잿빛 카펫이 우리를 위해 펼쳐 놓은 무대 같았다.

현관문을 열자 구수한 밥 냄새가 와락 안겼다.

아, 따뜻한 냄새. 거실은 어제보다 더 따스했다.

선풍기를 닦으며

몇 차례 큰비가 쏟아지더니 여름도 비켜 앉았다. 바뀐 기온 탓일까. 선풍기도 어색해 보였다. 나사를 풀고 철망과 날개를 분리하여 깨끗이 씻은 후 베란다 끝에 펼쳐 놓았다.

가을 햇살에 스테인리스 철망이 더욱 반짝거렸다. 에어컨 없는 집이 없을 정도로 풍족해진 지금, 이런 선풍기는 귀한 물건이 아니다. 하지만 내가 이 스테인리스 선풍기를 버리지 못하는 것은 그만한 사연이 있기 때문이다.

중매로 만난 우리는 그해 십이월에 결혼식을 올렸다. 그리고 서울에 조그만 아파트를 빌려 살림을 차렸다.

이듬해 4월이었다. 갑자기 남편이 사우디아라비아로 발령을 받았다. 신혼의 단꿈이 무르익지도 않은 넉 달 만의 이별 통보에 나는 울음을 터뜨리고 말았다.

그 모습을 한참이나 지켜보던 남편은 천천히 입을 열었다. 힘들겠지만 시골에 가서 혼자 계시는 어머님과 두 해만 지내보라고. 어쩔 수 없는 일이었다. 혼자 먼 나라로 떠나야 하는 사람 앞에서 내가 자꾸 그러고 있을 수만은 없었다.

나는 짐을 챙겨 시골로 내려갔다. 모든 게 낯설었다. 신혼여행에서 돌아와 하룻밤 묵었던 포근함은 찾을 수 없었다. 해만 뜨면 어머님은 들에 가셨다가 어둠과 함께 돌아오셨으니 종일 혼자 갇혀 지내다시피 했다.

농번기라 그런지 동네에는 사람 소리도 들리지 않았다. 오는 사람도 놀러갈 데도 없었다. 아무 일도 손에 잡히지 않았다. 책을 읽거나 음악을 듣는 것도 내키지 않았다. 노상 일만 하시는 어머님을 거들어 부업이라도 찾아야 할 것 같아서였다. 일찍 혼자 되신 어머님은 그저 절약과 일밖에 모르셨으니까.

우리는 한방에서 잤다. 화장실은 마당 끝에 있었다. 둥근 달이 마당 가운데 서성이는 날은 습관처럼 하늘을 쳐다보았다. 어디선가 함께 보고 있을 남편 모습이 어른거렸다. 또 눈물이 흘렀다. 남은 날이 아득했다. 쉽게 대답한 것이 후회되었다.

손톱의 자람은 시간의 흐름을 재는 눈금이었다. 나는 그럴 때마다 남편이 더 가까이 다가오는 것 같은데 어머님은 한 번도 손톱을 자르지 않았다. 농사일 때문에 이미 다 닳아 없어졌다는 걸 한참이 지난 후에야 알았지만, 며느리에게는 우리 논이 어디쯤 있다는 것도 가르쳐 주지 않으셨다.

나는 날마다 편지를 썼다. 눈물의 무게 때문인지 열흘이 지나도 도착하기 힘들었다. 자전거 브레이크 소리가 대문 앞에 멈추면 나는 얼른 달려 나갔고, 집배원 아저씨는 짓궂은 눈짓과 함께 편지를 건넸다. 내 삶의 유일한 활력소. 나는 그 편지를 읽고 또 읽었다.

하지만 늘 걱정이 따랐다. 한글을 모르는 어머님께 읽어 드려야 해서였다. 나름대로 민망한 부분은 미리 표시해 놓고 큰 소리로 연습해 두었지만 금세 목이 잠겼다.

어머님은 이내 훌쩍이셨다. 그 순간을 놓칠세라 나는

잽싸게 콧물을 들이켰건만 끝내 우리는 마주 보고 울었다. 하지만 그런 편지를 감춘 적이 없었다. 나보다 더 간절히 기다리는 아들 소식이었을 테니까.

홑몸이 아닌 때문일까. 그해 더위는 유난히 빨리 왔다. 시멘트로 바른 마당까지 열기를 뿜어 한낮의 더위는 감당할 수 없었다. 어디에 앉아 봐도 바람 한 점 들어오지 않았다. 선풍기 생각이 간절했다. 그러나 어머님이 쓰던 선풍기는 지난여름 형님네가 분가하면서 가져갔고, 겨울에 결혼한 내 혼수품에는 선풍기가 없었다.

참다못한 나는 선풍기를 하나 사자고 했다. 어머님은 "그 더운 남의 나라에 가서 일하는 사람도 있는데 무슨 염치로 선풍기 바람이냐"고 호되게 나무라셨다. 무안해진 나는 덥다는 말조차도 참아야 했다.

다음 날 어머님은 비료 포대를 찾아오시더니 깨끗이 씻은 후 네모나게 잘랐다. 그리고 주름을 접어 가운데 막대기를 끼운 후 고무줄로 탱탱 감았다. 어릴 적 색종이로 따라하던 부채 접기였다. 만삭이 가까운 며느리를 위해 어머님이 생각해 낸 알뜰한 사랑의 징표라고나 할까.

"더우는 금방 간데이."

부채를 든 어머님은 모기장 안에서 연신 바람을 일으키며 달래듯 말씀하셨다. 하지만 나는 그게 더 원망스러웠다. 시장에 파는 누런 부채라도 좋으련만 그것 하나도 못 사게 하는 어머님이 그저 야속하기만 했다.

외로움은 편지가 달래고 더위는 부채가 식혀 준 날들을 보낸 그해 추석 무렵, 나는 어머님이 기다리던 아들을 낳았다. 하지만 다음 여름도 그 부채 바람으로 견뎌야 하는 건 변함이 없었다.

가을이 되자 승진한 남편은 예정보다 빨리 귀국했다. 우리는 그동안 모은 돈으로 서울 강남에 작은 아파트를 장만했다. 알뜰한 어머님의 마음을 보태 주지 않았더라면 생각지도 못할 내 집이었다.

여름이 오자마자 남편은 선풍기를 사야겠다고 서둘렀다. 나는 어머님과 보낸 여름, 만삭에 겪었던 그해 더위를 생각하면 이까짓 더위는 아무것도 아니라고 말렸다.

남편은 혼자 가서 선풍기를 사 왔다. 우리 세 식구는 선풍기 앞에 얼굴을 들이밀며 좋아했다.

감나무 아래서 고무줄을 감던 어머님의 거친 손, 그 앞에서 배를 내민 채 따라 접던 내 모습이 떠올랐다.

세월이 흘러 지금은 방마다 천장에 에어컨이 바람을 품고 기다린다. 부채가 소용없듯 선풍기도 점점 할 일을 잃었다. 하지만 이 투박한 선풍기를 차마 내놓지 못하는 이유는 무엇일까.

내게 참는 법과 절약을 일러 주는 스테인리스 선풍기는 다음 여름에도 훈장처럼 나타나 우리 가족을 지켜볼 것이다.

어머님의 택배

어머님이 이사를 하셨다. 서른 해가 넘도록 형님네와 지내다가 혼자 거처를 옮긴 것이다. 따로 살다가도 자식 곁으로 가야 할 팔순의 연세라 극구 말리다가 끝내는 형님네가 고향에 빈집을 얻어 드렸다.

우리 내외는 이것저것 챙겨 어머님 댁으로 갔다. 동네 근처에서 전화를 드렸더니 어느새 어머님은 골목 입구까지 나와 계셨다. 표정이 편안해 보였다.

대문에 들어섰다. 널찍한 마당을 건너 동그마니 앉은 집이 외딴섬 같았다. 나는 마당 끝에 멀뚱히 서서 사방을 살펴보다가 천천히 방으로 들어갔다. 구석에 개켜 놓은 이불 한 채와 텔레비전 그리고 전화기만이 유일한 가재도구였다.

　내가 엉거주춤 서 있으니 어머님은 멋쩍게 웃으며 어서 앉으라고 자리를 내주셨다. 지금까지 손주들 키우며 외로운 줄 모르고 사셨는데 이 연세에 남의 집이라니. 자식 된 마음은 쥐구멍이라도 찾고 싶었다. 게다가 걸려 오는 전화는 받는다 치더라도 글을 모르셔서 어떡한단 말인가. 혼자 계시다가 행여 무슨 일이라도 생긴다면 연락조차 할 수 없어 여간 염려스러운 일이 아니었다.

　밤이 되자 어머님의 이야기는 점점 흥이 올랐다. 이미 알고 있는 사실부터 동네 누구네 집안일까지 다 전하자니 하룻밤이 모자랄 정도였다. 묵묵히 듣고 있던 남편은 자식들 체면도 좀 생각해야 되지 않겠냐고 못마땅한 심정으로 말꼬리를 잘랐다. 하지만 어머님 마음은 쉽게 바뀔 것 같지 않았다.

　우리는 막 자취 생활을 시작한 자식을 챙기듯 부족한 부식도 사 오고 부엌살림도 살펴 드렸다. 집안 청소를 마치고 마당을 쓰는데 담 밑에 굴러다니는 봉투 하나가 보였다. 예전 주인에게로 온 수도고지서였다. 나는 그것을 주머니에 넣었다.

집으로 돌아왔지만 마음 한구석은 어머님 걱정이 끊이지 않았다.

몇 가지 반찬을 장만했다. 주워 온 고지서가 있으니 그 주소로 보내면 될 것 같았다. 미리 말씀드리면 재미가 덜할 것 같아 며칠 후 전화를 드렸다.

"야야, 뭘 그래 보냈노? 내가 혼자 마루에 앉았는데 편지 배달부가 정학연 할매 서울서 선물 왔네요 카면서 들고 오드라."

기다린 만큼 목소리도 크고 바빴다. 어머니 댁에 집배원 아저씨가 간 것도 그렇거니와 서울 사는 자식한테서 택배가 왔다는 것. 게다가 어머님 이름까지 불렀다니 반가움과 흥분은 다시 그날로 되돌아간 것 같았다.

그런데 얼마 후, 우리 집에도 택배가 왔다. 금방이라도 내용물이 터질 것 같은 박스에 보내는 사람은 정학연. 시골집 주소도 정확했다. 글씨를 모르는 어머님이 택배를 보냈다는 것도 신기했지만, 우리 집 주소와 내 이름까지 정확히 썼다는 게 더 놀라웠다.

노끈을 풀고 테이프를 벗겼다. 불룩한 상자가 터지면서 내용물이 우르르 쏟아져 나왔다. 서로 부딪히는 건 생각도 않고 많이만 채우고 본 모양이었다. 무, 배추, 대파, 고구마, 그리고 알 수 없는 검은 봉지 하나까지 뒤죽박죽이었다.

먼저 흙이 잔뜩 묻은 봉지를 열었다. 가볍긴 했지만 얼마나 동여맸는지 매듭이 쉽게 풀어지지도 않았다. 그런데 웬일인가. 갑옷과 투구를 입고 출동 준비를 마친 병사처럼 오밀조밀 머리를 맞대고 있는 것, 메뚜기였다. 나는 그 봉지를 손에 든 채 전화기 앞으로 갔다.

"하매 갔나?"

"이걸 어떻게 부쳤어요?"

"쪄서 말랐으이 아아들 밴또 반찬 해 조라."

"그런데 메뚜기는 어디서 났어요?"

상대방이 묻는 것은 듣지도 않고 서로 자기 궁금한 것만 물었다.

동네 사람들이 모두 메뚜기 잡으러 가기에 며칠 동안 따라다녔다는 어머님은 어떻게 부쳤느냐는 대답보다 메뚜기 잡은 무용담에만 더 신이 나셨다.

"주소? 니가 보낸 통에서 오리 났제. 그거 들고 우체국 가서 요대로 부치 달라 캤지 머."

지혜가 지식을 앞선다고 했던가. 자식을 사랑하는 지극한 마음이 문맹의 바위도 뚫은 것이리라.

팔십 평생 처음 싸 보았을 어머님의 택배, 나는 터진 박스를 앞에 놓고 한참을 그대로 앉아 있었다.

그날의 태극기

나를 태운 여객기가 하늘 높이 솟았다. 오십이 넘어 처음 탄 국제선. 모든 게 설렘 그 자체였다. 게다가 상상 속에서만 머물던 미국이라니, 내 마음도 비행기처럼 높게 날아올랐다.

딸아이가 뉴욕주립대학 교환학생 티켓을 받은 건 3년 전이었다.

"남들은 지방에서 공부하고도 서울로 오는데 너는 어째 12년을 서울에서 공부하고 지방으로 내려가노? 그것도 강원도로!"

기숙사로 데려다 주던 차 안에서도 분이 풀리지 않은 나는 여전히 같은 말만 되풀이했었다. 내 집이 아니니 절대 늦게까지 돌아다니면 안 되고, 장학생은 필수라며 종주먹을 들이대던 어미의 맺힌 한 때문이었을까. 까다롭다는 교환학생을 알아본 모양이었다.

출국을 앞둔 아이는 제 목까지 오는 가방을 두 개나 꾸려 놓고 오라비 앞에 앉았다. 빠뜨린 게 없는지 다시 한 번 점검해 주던 아들이 이번에는 경유하는 방법에 대해 물었다.

"음, 그거? 밖으로 나가면 바꿔 타는 데가 있겠지."

한참을 생각하던 딸아이가 난감한 표정으로 대답했다. 대학 3학년이 되도록 국내선도 못 타봤으니 그저 버스를 갈아타듯 공항 밖으로 나갈 작정이었다. 두 해 먼저 미국으로 교환학생을 다녀온 아들은 또 답답해 못 견디겠는지 인터넷을 검색하여 그림까지 그려가며 설명해 주었다. 지켜보던 내 가슴도 가뭄의 논바닥이 되어 갔다.

마음 같아서는 후딱 데려다 주고 싶었지만 어미인들 뭘 알아야지. 영문학을 전공하니 귀는 트였겠다 싶었는데 이렇게 세상 물정이 어두울 줄이야. 그것도 모르고 하나라도 더 챙겨 주겠다는 욕심만 생겨 이기지도 못할 짐을 꾸려 놓았으니 어미의 무지도 한몫 거든 셈이리라.

"힘들게 얻은 기회잖아. 가고 싶어도 못 가는 애들이 얼마나 많은데."

내가 도울 거라곤 그런 말밖에 없었다. 다시 번복할 수도 없는 일, 그저 마음 편히 보내는 수밖에. 공항 출국장에 혼자 밀어 넣던 날이 어제 같은데, 그 하늘길을 나도 밟게 되었다.

모든 게 신기했다. 창가에 앉은 나는 몇 번이고 가리개를 들어올렸다. 인간이 만든 어떤 조명도 흉내 낼 수 없는 현란한 빛, 어머니가 손질한 가을마당의 목화송이 같은 구름, 화석처럼 보이는 잿빛 바다, 혼자 떠나던 아이도 이런 기분이었을까.

어둠이 깔린 뉴욕 상공. 하늘에서 내려다본 발아래 불빛은 점점 신비의 세계로 데리고 갔다.

출국장을 나갔다. 마중객을 헤치고 달려오는 낯익은 미소. 딸아이였다. 우리는 부둥켜안았다. 혼자 내린 공항에서 이런 마중을 얼마나 다짐하고 또 다짐했을까.

동양인으로서는 졸업하기 힘들 거라는 교수님의 만류에도 아랑곳 않고 영문학과로 편입한 딸. 그동안 실망만 시킨 엄마 아빠에게 강원도 대학이 아닌 미국의 졸업식 초대장을 꼭 보낼 거라더니 두 해 만에 그 꿈을 이루어 주었다.

그날 밤 아이의 이야기는 그칠 줄 몰랐다. 재미있다는 미국 생활도, 쉽다던 공부도 모두 거짓이었다. 한글을 읽듯 술술 읽어내는 친구에게 뒤지지 않으려고 애쓰다 보니 정신을 잃은 적이 한두 번이 아니었다고 했다. 환율이 오른다고, 아빠가 직장을 그만둘지도 모른다고 다그치는 어미의 채찍에 쫓겨 남들의 배나 되는 수강 신청을 해놓고 보니 숨이 턱까지 차올랐다고도 했다.

며칠 밤을 꼬박 새워 힘들게 해 간 과제물을 카피했다며 F학점을 준 교수님을 찾아가 당당하게 학점을 되찾았다는 대목에서는 목이 잠겼다. 다 포기하고 싶은 막다른 골목에서도 엄마 앞에서만은 의연한 척해야 했다던 지옥 같은 학교 생활을 털어놓을 때는 내 뼈마디가 녹는 것 같았다.

하지만 보람도 있었다. 모국어가 아니기에 대부분의 유학생들이 힘들어하는 표현의 한계를 아주 잘 극복해 낸 보기 드문 학생이라는 칭찬. 콘퍼런스에 출연하여 에세이를 발표했을 때 많은 학생들 앞에서 격려와 찬사를 아끼지 않던 교수님의 사랑. 그것은 국경을 넘었기에 더 큰 힘이 되지 않았을까.

졸업식 날이었다. 아이는 까만 원피스에 가운을 걸치고 나는 코발트색 한복을 입었다. 초록으로 둘러싸인 캠퍼스는 가도 가도 끝이 없었다. 싱그러운 잎사귀들은 오월의 햇살에 윤기를 더하고, 넓은 잔디 위에는 하얀 의자가 백조처럼 앉아 있었다. 이마를 맞댄 세계 각국의 국기. 그 무리에 우리 태극기도 펄럭이고 있었다.

식이 시작되었다. 각국의 졸업생 대표가 모국의 국기를 들었다. 딸아이는 한국 대표였다. 우승기만 한 태극기를 번쩍 든 아이가 축하객들 사이로 걸어 들어갔다. 우렁찬 박수 소리. 나도 일어서서 손을 흔들며 박수를 쳤다.

무대 앞에 있던 교수님들이 번갈아 포옹해 주었다. 영화에서만 보던 장면. 축사가 끝날 때마다 환호성이 하늘 가득 퍼졌다. 정상에서의 희열을 만끽하는 순간이었다.

아이는 사각모를 내 머리 위에 얹어 주었다.

"엄마, 고마워요."

"그래, 축하한다. 아빠도 같이 오셨더라면…."

직장 때문에 함께 못 온 남편이 아쉬웠다.

"오, 코리아?"

"원더풀!"

"뷰티풀!"

그들은 우리 모녀를 향해 연신 카메라를 들이댔다.

나는 아이를 꼭 안아 주었다. 칭찬은커녕 채찍만 흔든 지난날이 미안했다. 서울에 있었더라면 도전하지 못했을 유학길. 아픔이 있었기에 보람도 더 컸으리라.

단상 위에서 지켜보던 태극기가 힘들게 견뎌 낸 아이의 설움을 어루만지는 것 같았다.

다시 방앗간 집 딸이 되어

　어둠이 걷히는 이른 새벽, 들뜬 마음으로 집을 나섰다. 고향에 있는 초등학교 운동장에서 동창생들의 기수별 체육대회가 있어서였다. 몇 년 전부터 이런 행사가 있다고는 들었지만 이런저런 일로 나는 함께하지 못했다. 하지만 올해는 선배들이 버스를 빌려 교통편도 좋은 데다 출발 장소까지 데려다주겠다는 남편의 배려가 있었기에 가벼운 마음으로 집을 나섰다.

　버스에 오르자 왁자지껄한 말씨는 고향을 옮겨 놓은 것 같았다. 나는 아무에게나 고개를 끄덕이며 먼저 온 친구가 부르는 쪽으로 가서 앉았다. 누가 누군지는 모르지만 묵은 정은 금방 되살아나 싱싱한 기운으로 피어나고 있었다.

차가 움직이기 바쁘게 한 선배가 마이크를 잡고 넙죽 인사를 했다. 그러고는 친구들을 일일이 소개했다. 운동회 날이면 운동장을 날다시피 뛰어다니더니 전체를 아우르는 언변도 여전했다.

첫 번째 사람을 불러냈다. '강신골'에 살던 아무개라 하고 지금은 서울 어디서 무슨 일을 하고 있다는 것까지 알려 주었다. 그러자 듣고 있던 사람들은 일제히 고개를 빼고 "맞아!" 하며 맞장구를 쳤다.

그 사람을 떠올려보는 것도 그렇지만 잊고 지낸 마을 이름을 되뇌어 본다는 게 감회를 더 새롭게 했지 싶다. 소개받은 사람은 멋쩍게 웃다가 고향 특유의 사투리를 덧붙이자 그야말로 분위기는 절정에 이르렀다.

선배들 소개가 끝나자 이번에는 회장으로 일하는 우리 기수 남자 동창이 마이크를 받았다. 그도 역시 동네 이름을 먼저 말한 후 형님들처럼 익살을 섞었다. 그럴 때마다 공감할 수 있는 이야기는 추임새가 되어 버스가 흔들릴 정도였다.

내 차례가 되었다.

"이 사람은요, 여러분 잘 알제요? 토매동에 있는 방간!"

"아, 방간! 그래, 우리 몸무게 달든 데 아이가?"

이름도 말하기 전 방앗간만으로도 모두 나를 금방 기억해 주었다. 손뼉을 치며 한꺼번에 시선이 몰려오자 나는 그만 얼굴이 빨개지고 말았다.

정미소를 하는 우리 집은 해마다 한 번씩 전교생의 신체 검사장이었다. 검사라야 키와 몸무게 정도가 고작이지만 그 시절 학교에는 체중계가 없었던 모양이다. 가마니 다는 저울 위에 한 명씩 올라가면 우리 집 일하는 아저씨는 추를 바꿔 가며 눈금을 읽어 주고 선생님은 숫자를 받아 적었다.

차례를 기다리던 아이들은 쌓아 놓은 가마니 위에 올라가 장난을 치기도 하고 손가락으로 쌀가마니를 찔러 우리 아버지에게 야단을 맞기도 했다. 그러다가 우리 반에서 제일 큰 정구가 올라가면 우르르 몰려가서 '백 근'이라고 놀리곤 했다. 그런 추억도 추억이거니와 배고픈 시절의 쌀이었기에 나를 방앗간 집 딸로 기억하기 싫다.

서너 시간이 지나자 버스는 우리를 운동장 옆구리에다

쏟아 놓았다. 멀리서 꽹과리가 울려 퍼지고 곳곳에 차가 즐비했다. 미리 도착한 시골 친구들은 천막을 쳐놓고 우리를 반갑게 맞아 주었다. 운동장 가장자리에는 국밥 끓는 냄새와 수북하게 쌓아 놓은 막걸리 병들이 잔치 분위기를 돋우었다. 이천 명이 넘는 아이들이 벌집처럼 드나들던 운동장에 옛 주인이 찾아온 것이리라.

고추 모종을 심다 왔다면서 분칠한 화장이 얼룩진 순자, 영농자금을 지원받아 부농이 되었다는 수철이, 동창끼리 결혼하여 화젯거리를 남긴 옥희 내외까지 모두 반갑고 보고 싶은 얼굴이었다.

나는 미숙이와 함께 교사를 둘러보기로 했다. 새로 지어 그때 모습은 아니지만 우리가 공부하던 교실의 위치 정도는 짐작할 수 있었다. 예쁘게 가꿔 놓은 화단 앞에 서자 진땀났던 기억 하나가 아지랑이처럼 피어올랐다.

4학년 봄쯤이었을까. 국어 시간이었지 싶다. 따스한 햇볕은 창가에 머물고 선생님은 통로를 오가며 나직이 책을 읽으셨다. 그런데 갑자기 화단 쪽에서 애들 소리가 들렸다. 나는 귀를 쫑긋 세웠다. 아침에 나오면서 그렇게 타일렀건만 또 찾아온 것 같았다.

몰래 엉덩이를 들고 고개를 길게 빼 보았다. 확실했다. 친구를 데리고 온 두 동생. 곁에는 백구까지 혀를 빼고 서 있었다. 울고 싶었다. 다시 엉덩이를 들었다. 순간, 목을 잔뜩 뽑아 올리는 큰동생과 눈이 마주쳤다.

"언니야!"

두 눈에 힘을 주며 이빨을 악문 내 표정도 아랑곳없이 동생은 햇살보다 더 환한 표정으로 힘껏 '언니'를 불렀다. 친구들의 시선은 한꺼번에 밖으로 나갔고, 난감하신 선생님은 그쯤에서 수업을 마친 것 같다.

하지만 그보다 더 힘든 게 있었다. 그렇게 한차례 동생들이 다녀가면 '어이, 방간!' 하면서 나를 놀리는 남자아이 때문이었다. 평소에도 그렇지만 그런 날은 몇 번씩 불러댔으니 울고 싶었다.

우리는 낡은 강당을 돌아 다시 운동장으로 향했다. 멀리서 머리 희끗한 아저씨가 빙긋이 웃으며 걸어오고 있었다.

"이야! 아줌마 다 됐네."

먼저 손을 내미는 남자. 얼굴로는 가늠이 안 되어 이름표를 보니 바로 그 아이였다. 공부는 물론이고 얼굴까지 잘생겨 한번씩 마음을 흔들어 놓던 아이는 내가 왔다는 말을 듣고 운동장을 몇 바퀴나 돌았다면서 자기도 얼굴이 붉어졌다.

지천명이 내일인데 여전히 나를 단발머리 소녀로 기억하는 친구. 그의 추억 속에는 여전히 내가 방앗간 집 딸로 남아 있었다. 할머니라 불러도 괜찮을 나이인데 아줌마가 된 것조차 상상 못한 남수는 한동안 내 손을 놓지 못했다.

아련한 기억으로밖에 돌아볼 수 없는 사십여 년 전 추억. 그 되돌린 필름에는 코흘리개 시절의 천진난만한 웃음과 때묻지 않은 우정이 스며 있었다. 아줌마면 어떻고 할머니면 어떠리. 잠깐만이라도 돌려놓은 시간에 취해 우리는 막걸리 잔을 주고받았다.

서쪽 하늘에 긴 석양이 드리울 무렵 아쉬움을 안고 떠밀리듯 버스에 올랐지만 마음은 자꾸만 뒷걸음을 치고 있었다.

오월의 슬픈 전화 심부름

휴대폰이 새로 생겼다. 지금까지 쓰던 것도 괜찮은데 첫 월급 기념이라며 아들아이가 마음을 썼다. 곁에 앉아 갖가지 기능을 가르쳐 주다가 엄마도 한번 해 보라며 건네주었다. 작은 쇳덩이가 부리는 묘기를 보고 있으니 문득 어릴 적 아날로그 전화기가 생각났다.

그 무렵 마을에는 전화가 한 대밖에 없었다. 번호를 몰라도 손잡이를 돌려 교환원만 부르면 읍내의 웬만한 곳은 연결해 주던 시절이었으니 반세기도 더 지났나 보다. 우리 집 전화기는 삼백여 호 동네에서 유일한 통신병이었다.

불이 나거나 의사를 불러야 하는 다급한 일이 닥치면

사람들은 먼저 우리 집으로 달려왔다. 간혹 도회지 자식 집을 가기 전에는 소풍을 앞둔 아이처럼 들뜬 표정으로 찾아오기도 했다. 미리 출발 시간을 전화로 알려 주면 시간을 짐작하여 자식들이 역으로 나오기 때문이었다.

그렇다고 늘 거는 일만 있는 것은 아니었다. 멀리 있는 친척이 아프다든지 자녀의 출산 소식도 우리 집을 거쳐 갔다. 처음 수화기를 잡는 사람은 어쩔 줄을 몰라했다. 상대방 얘기는 듣지도 않고 자기 목소리만 높이는가 하면, 귀로 가야 하는 부분을 입에다 대고 쩔쩔매는 사람도 있었다.

모두 집에 있을 시간이라 그런지 저녁 식사를 하거나 늦은 시간 숙제를 하고 있을 때면 바꾸어 달라는 전화가 심심찮게 걸려왔다. 그럴 때면 숟가락을 들고 있다가도 용수철처럼 튕겨 나갔다. 시간이 지날수록 올라가는 통화료가 우리 부담이 아닌데도 초능력적인 민첩성은 잘된 훈련병 같았다.

우리 집은 마을 맨 앞에 있었다. 바깥마당 끝에는 도랑이 있었는데 둑 위에 서서 큰 소리로 몇 번만 부르면 여남은 집 정도는 해결이 되었다.

"정희야! 정희야!"

텔레비전도 없던 시절이니 내 목소리는 어둠을 뚫고 정희네 집으로 화살처럼 내리꽂혔다. 캄캄한 마루로 불빛이 쏟아지면 들었다는 신호였다. 그 시간에 부르는 건 무조건 전화 호출이었기 때문이다. 채 입지 못한 윗도리를 들고 가로등도 없는 골목길을 헉헉대고 오면, 우리는 먼저 독구의 목덜미를 잡고 길을 열어 주었다.

자식 셋을 모두 서울로 보내 줄줄이 손자를 보았으면서도 또 득남 소식을 받은 다음 날은 햇닭이 낳았다는 계란을 옆구리에 끼고 와서 남은 기쁨을 마저 쏟곤 했다.

"명자는 나중에 시집 가믄 잘 살끼다."

볼 때마다 심덕 좋다고 치켜세우며 내 중매는 꼭 당신이 할 것이라는 정희 엄마가 좋았던지, 정희네 심부름은 거의 내 차지였다.

모내기가 한창인 오월 한낮이었다. 부지깽이도 거든다는 바쁜 농사철이라 사람들은 모두 들로 나가고 배고픈 송아지 울음소리만 마을을 지켰다.

학교에 갔다 와서 막 교복을 벗으려는데 전화가 왔다. 서울에 사는 정희 언니였다. 지난달 군대 간 동생이 많이 아프니 자기 엄마를 빨리 바꾸어 달라는 것이었다. 아버지는 정희네 논을 가리켜 주면서 얼른 다녀오라고 하셨다. 그날은 정희네도 모내기를 했기 때문이다.

정희 오빠는 나보다 두어 살 위지만 짝이 모자라면 함께 편을 먹고 놀던 친구였다. 얼마나 아프기에 그런 전화를 했을까 생각하자 내 걸음은 더 바빠졌다.

"오라이~"

막 시작했는지 겨우 두어 자 정도 푸른 칠한 논에는 정희 아버지가 신나게 못줄을 넘기고 있었다. 다른 날 같으면 나만 봐도 눈치를 차리던 정희 엄마가 가까이 가서 자초지종을 얘기해도 저녁에 집에 가서 전화할 거라며 모춤을 쥐고 나올 생각을 안 했다.

나는 가던 길을 혼자 돌아왔다. 그런데 또 전화벨이 울렸다.

"정수가 죽었단 말이야!"

위급한 상황이었지만 차마 사실대로 말하지 못한 정희 언니의 통곡 소리. 어처구니없는 비보를 들고 나는 다시 논으로 향했다. 사람이 죽으면 돌아가셨다는 말로밖에 표현할 줄 모르던 그 무렵의 내가 정희 오빠의 죽음을 어떻게 전해야 할지 도무지 생각나지 않았다.

"정수가 사망했대요!"

"뭐! 뭐라꼬?"

정희 엄마는 그대로 논바닥에 쓰러졌고, 정희 아버지는 하얗게 질린 얼굴로 못줄을 집어던졌다. 사람들도 모두 밖으로 나와 웅성거리는데 나는 죄인처럼 고개만 숙이고 있었다. 서낭당을 지나 아랫마을까지 가도 무서운 줄 몰랐던 전화 심부름이 그날만큼 힘든 적은 없었다.

왜 그렇게 되었는지 기억나지 않지만 정희 오빠는 국립묘지에 묻혔고, 장례식을 마치고 온 정희 엄마의 눈에는 한동안 눈물이 고여 있었다.

이따금 걸려오는 아이들의 통화 내용을 스쳐만 들어도 일상을 더듬을 수 있던 시절. 하지만 지금은 전화기 하나만 들고 제 방으로 들어가면 자신만의 통제구역이 된다. 손만 대어도 화면이 바뀌는 마술 같은 전화기. 오월의 그 슬픈 전화 심부름이 반세기 지난 지금도 내 가슴을 적신다.

환희의 송가

요즘 들어 웰다잉에 대한 얘기가 자주 입에 오른다. 피할 수 없는 의례이고 누구나 지고 사는 숙제여서 그럴까. 유서나 묘비명을 준비해 두는가 하면, 직접 관에 누워 보는 체험도 있다고 한다. 아무리 연습한들 두려운 마음이 줄어들까마는 조금의 여유는 생기지 싶다.

그런 최후를 특별하게 맞은 분이 있다. 104세인 호주의 유명한 생태학자 데이비드 구달 박사다. 그는 머지않아 맞아야 할 죽음을 앞두고 많은 고민을 했다고 한다. 나이가 들면서 점점 퇴화되는 시력이나 청력도 그렇지만, 마지막에는 집에 갇혀 있거나 양로원에 가야 하는 자신을 생각하니 비참했던 모양이다. 죽음이 슬픈 게 아니라 마음대로 죽을 수 없다는 게 더 슬픈 그는 더 이상의 삶이 의미 없다고 생각하고 안락사가 허용된 스위스로 갔다. 언젠가 당할 죽음이 아니라 품위 있는 죽음을 맞고 싶던 게다.

다시 돌아올 수 없는 길. 그는 미리 주문한 베토벤의 9번 합창교향곡 4악장인 '환희의 송가'를 들으며 신경안정제가 들어간 약물 밸브를 손수 열었다고 한다. 어찌 보면 자살과 다름없겠지만 가족들 앞에서 스스로 열고 들어간 죽음의 문. 그때 그 음악이 두려움을 얼마나 잠재울 수 있었을까.

나도 몇 년 전 시어머님과 이별을 했다. 자식들이 객지에 살다 보니 혼자 계셨는데 끝내는 요양원에 모셨다. 적적하게 계실 때보다 여러 사람과 얘기 나누고, 때맞춰 식사도 챙겨 드리자 건강도 좋아지고 편안해하셨다. 하지만 시간이 흘러 주변 분들이 하나씩 보이지 않자 웃음이 줄어들었다.

우리 마음도 무거워지기 시작했다. 치매가 와서 양손을 묶어 놓거나 코로 죽을 넣어 드리는 장면은 차마 볼 수 없었다. 처음 입소했을 때만 해도 그런대로 건강하시던 어머님도 점점 기력을 잃어 가기 시작했다.

우리는 멀리 산다는 핑계로 주말에나 한 번씩 시간을 냈다. 그럴 적마다 어머님은 당신의 장례 절차에 대해 자주 말씀하셨다. 화장을 해서 어느 절 뒤에 뿌리라거나 강물에 띄우라고도 하신 걸 보면 자식들에게 부담을 주기 싫어 하신 말씀 같았다.

그런데 가시기 얼마 전 애원하듯 말씀하셨다.

"이미야, 그런데 아파서 우째 죽을꼬."

'죽을 만큼 아팠다'는 말은 죽을 때 몹시 아프다는 뜻일 테니 어떻게 감당하실지 겁이 난 모양이었다. 어떤 대답을 드려야 할지 망설이다가 요즘은 안 아프게 하는 약과 주사가 있으니 그런 걱정 마시라고 두 손을 꼭 잡아 드렸지만 가슴이 미어졌다. 늘 젊을 줄만 알던 나도 어느새 죽음을 생각해서 그럴까. 자는 잠에 가게 해 달라는 어머님의 그 기도가 옳다는 생각이 들었다.

그런 내가 얼마 전 생일을 맞았다. 미리 가까운 친지들과 식사를 하고 선물까지 받았는데 당일 날 딸아이는 또 휴가를 냈다. 오늘 일정은 모두 자기가 짜놓았으니 엄마는 따르기만 하라면서.

둘만의 나들이는 설렘도 있었지만 우려도 따랐다. 늘 지나친 경비로 마찰이 잦아서였다. 나보다 표정이 더 밝은 아이는 나를 옆에 태우고 이태원 경리단길 낯선 매장 앞에 차를 세웠다. 드라마에서만 보던 스파였다. 이런 데는 뭣 하러 왔냐고 핀잔할 새도 없이 나는 순한 양이 되어 들어갔다. 부유층 사모님만 가는 곳이란 거 말고는 들은 바가 없었으니 이왕 온 거 즐겁게 따르기로 했다.

들어가자마자 모든 게 일사천리였다. 일러 주는 대로 샤워를 하고 거품 가득한 욕조에 들어갔다. 적당한 온도와 은은한 향기가 온몸을 어루만져 주었다. 태어나서 처음 맛본 황홀함. 나도 사모님이 된 것 같았다. 뒤이어 안내된 곳은 마사지 룸이었다. 얇은 시트 안에 하의만 걸친 알몸으로 누워 미리 건네준 작은 종을 흔들었다.

희미한 불빛 안으로 한 여인이 들어왔다. 그녀는 인사를 건넨 후 먼저 불편한 곳을 물었다. 어둠만큼이나 나직한 목소리였다. 강렬하지도, 그렇다고 멈추지도 않는 손놀림은 잔잔하게 흐르는 선율을 타고 내 몸 구석구석을 달래기 시작했다.

동작에 맞추어 따로 제작했다는 음악이 연기처럼 피어

나왔다. 아스라이 들려오는 선원들의 애절한 구령, 저음의 파도와 간간이 들려오는 갈매기 소리가 서로 리듬을 맞추었다. 등 밑으로 전해 오는 따뜻한 온기와 외로운 바다의 하얀 거품, 일렁이는 물빛을 쫓아 나는 점점 혼미한 세상으로 들어가고 있었다.

간혹 떠오르는 마지막 순간의 두려움마저 손끝으로 지우는 그녀. 나는 마술에 걸린 듯 꿈속을 헤매고 있었다. 구달 박사가 택한 길도 이와 같았을까. 언젠가는 되돌아가야 할 길. 내가 생을 마감하는 그날도 이렇게 갈 수 있다면….

나에게 남은 거리가 얼마나 될지 모른다. 함께 걷는 동료들, 주변을 밝혀 주는 고마운 분들을 놓칠 수도 있다. 아니, 내가 먼저 길을 잃을 수도 있다. 하지만 아직 삶을 정리한 기록도 없다. 묘비명이며 관 속에 누워 보는 체험 같은 것은 생각지도 못하고 있다.

아무도 동행할 수 없는 외로운 길, 그 길을 함께 갈 수 있는 '환희의 송가' 같은 음악이야말로 영원한 길동무가 되지 않을까.

데이비드 구달 박사의 명복을 빈다.

제3부

어떤 여행

오래전 어느 가을 서울역 플랫폼. 출발 시간이 다가오자 기차는 조금씩 몸을 틀었다. 창가에 앉은 내 옆자리는 비어 있었다. 두 아이를 학교에 보내고 서둘러 나서긴 했지만 착잡한 심정은 가시지 않았다.

"엄마 얼른 갔다가 한 밤만 자고 올게."

불안한 나를 눈치챘는지 아이들 표정은 이외로 담담했다. 하지만 현관 앞에서 책가방을 메어 줄 때 눈가가 촉촉하던 중학생 딸아이, 전화선을 타고 온 남편의 가라앉은 목소리. 모두 내 마음을 무겁게 눌렀다.

"다 정리해뿟다."

전부 내려놓은 듯 말했지만 밑바닥에 깔린 애절한 음조

가 신음처럼 들린 나는 밤새 뜬눈으로 뒤척였다.

그러고 보니 한 달쯤 된 것 같다. 재떨이에 꽁초가 부쩍 많아지고 가끔 긴 한숨을 몰아쉬던 사람. 그때마다 그는 회사의 어려움을 이야기하곤 했다. 어떤 때는 평소의 그이답지 않게 점집이라도 한번 가보자는 말까지.

하지만 나는 모든 회사원들이 말하는 주기적인 푸념 정도로 여기며 시간이 지나면 가라앉을 엄살이라고 밀쳐 두었다.

한강을 지나 영등포역쯤 이르렀나 보다. 차 안이 술렁이더니 중년을 넘긴 아주머니가 다가왔다. 옆자리가 비어 좋았는데 그나마 체격 있는 아저씨가 아니라 다행이었다.

"어데까지 가셔예?"

"예, 대구까지요."

나도 자세를 고치며 웃어 주었다. 대구 특유의 사투리를 진하게 쓰는 아주머니는 앉자마자 말을 붙이더니 가족 관계며 나이까지 물었다. 잠시 스쳐갈 사람인데 궁금한 점이 뭐 그리 많은지. 나는 답답한 마음을 접고 아주머니의 밉지 않은 말씨에 끌려 조금씩 말벗이 되어 갔다.

그런데 집이 서울이라면서 대구는 무슨 일로 가느냐고 물었다. 느닷없는 질문. 순간 나는 나쁜 짓을 하다가 들킨 사람처럼 정신이 번쩍 들었다.

"아! 예, 애들 아빠가 대구에 있어서요."

태연한 척 얼버무리긴 했지만 궁색하긴 마찬가지였다. 핸드백을 열고 무언가 딴청을 부려 보는데 이번에는 남편이 어디에 다니느냐고 물었다. 아찔했다. 그냥 속시원히 털어놓고 무슨 도움이라도 받아볼까, 끝까지 숨길까. 얄팍한 자존심과 승강이를 하는 동안 고맙게도 아주머니는 자신의 얘기로 화제를 바꾸어 주었다.

삼 남매를 모두 출가시킨 그녀 역시 남편과 자주 떨어져 지냈다고 했다. 그러나 어른들을 모시고 사니까 둘만의 오붓한 여행은커녕 남편이 사는 집조차 갈 기회가 없었다는 것이다. 그런데 요즈음 젊은이들은 이렇게 즐기면서 사니 얼마나 좋은 세상이냐고 뜬금없는 말을 했다. 게다가 갑자기 몰아친 IMF라 젊은 나이에 '잘린' 사람도 많은데 여전히 직장에 다니고 있으니 행복한 줄 알라면서 혼자 마무리를 끝내 버렸다.

눈을 감았다. 더 이상 아무 얘기도 듣기 싫었다.

잘린 사람. 그래, 내 남편은 이제 잘린 사람이었다. 스스로 걸어 나온 것이라고 아무리 자위해도 허탈감은 어쩔 수 없었다. 양가 어머님의 파리한 얼굴과 고3이 될 큰아이의 모습이 번갈아 떠올랐다. 훤하던 앞날이 다시 어두워지기 시작했고, 감당하지 못할 현실들이 호랑이처럼 입을 벌렸다.

대전쯤 지났을까. 먹을 것을 권하던 아주머니는 재미가 없는지 잠이 들었다. 차창을 스치는 가을 들녘. 굽이마다 펼쳐진 단풍들의 향연도 대화를 멈추고 초라한 내 몰골을 엿보는 듯했다.

그토록 꿈꾸던 가을 산. 하지만 명절이나 휴가철은 물론이고 연휴가 이틀만 겹쳐도 목적지는 언제나 시댁이었다. 오매불망 우리를 기다리는 어머님이 계셔서다.

그래서 그런지 지금까지 우리 집 앨범 속에는 그 흔한 산이나 바다를 배경으로 한 가족사진이 한 장도 없다. 그게 미안했던지 여름휴가를 끝내고 돌아올 때면 남편은 습관적으로 가을 여행을 미리 계획하곤 했다. 하지만 그것은 언제나 부도난 수표였다. 그럴 때마다 괜찮다고 하면서도 다가오는 가을에는 나 혼자 다녀올 거라고 투정을 부렸다.

그러던 내가 가을에, 이 아름다운 계절에 혼자 기차를 탔다. 그런데 그곳이 가을 산이 아닌 실직한 남편의 아파트가 될 줄이야.

마음을 다잡았다. 대구는 점점 가까워지는데 그러고 있을 수만은 없었다.

'당신 잘했어요. 이젠 내가 벌게요. 그까짓 남들 다하는데 안 되면 리어카라도 끌지 뭐. 설마 산 입에 거미줄 칠까.'

활짝 웃으며 이렇게 말해 주리라.

기차는 동대구역에 도착했다. 플랫폼을 빠져 나왔다. 개찰구 건너편에 까칠한 얼굴로 서 있는 남편. 눈물이 핑 돌았다. 조금 전의 다부진 마음은 어디로 갔는지 그냥 털버덕 주저앉고 싶었다.

나는 손만 내밀었다. 두툼한 손. 나를 달래기 위한 안간힘일까. 꽉 잡은 손에 새 기운이 전해 왔다. 그대로 내 몸을 맡기고 싶었다.

"힘들었지?"

간신히 한마디밖에 못했다.

"괜찮아! 자, 그런데 우리 부인을 어디로 모실까요?"

어색한 존칭어로 자신의 아픔을 감춰 보려 했지만 엉성한 배려는 나를 더 슬프게 했다. 속이 훤히 보이는 넉살. 목까지 올라오는 설움을 한 번 더 삼키는데, 그이는 핸들을 돌렸다.

그토록 바라던 둘만의 가을 여행. 다음 일정은 모두 남편에게 맡기기로 했다. 따라오던 햇살도 비껴 가고 잠시 침묵이 흘렀다. 나는 두 손을 내밀었다. 이번에는 내가 그 손을 꼭 감싸 주었다.

가을 산은 고운 빛으로 우리를 부르고 있었다.

아들의 아르바이트

하루 종일 비가 내렸다. 재취업한 남편과 특별전형으로 대학에 합격한 아들을 생각하며 상념에 젖어 있는데 외출했던 아들이 돌아왔다.

"친구 만난다더니 일찍 왔네."

"엄마, 나 오늘부터 아르바이트하려구요."

당찬 결의의 통지문을 꺼내는 것 같았다. 아들은 며칠 전부터 근처 갈빗집을 알아보았는데 여기는 면접을 보았고 남은 건 부모님 허락이니 전화만 한 번 해 달라는 것이었다. 난감했다. 입학 후 아르바이트 얘기를 자주 듣긴 해도 하필이면 갈빗집이라니?

돈 걱정 말고 공부나 열심히 하라는 남편의 만류와

힘든 일을 먼저 해서 사회생활을 체험하고 싶다는 아들의 주장에 설마했는데 이렇게 빨리 저지를 줄이야. 대단한 각오에다 계약마저 끝낸 것 같으니 남편의 의견을 들을 새도 없었다.

긴장된 마음으로 쥐어 주는 명함의 번호를 눌렀다. 주인인 듯한 아주머니가 전화를 받았다. 목소리가 차분하고 정감이 갔다. 나는 갓 입학한 아이의 담임 선생님을 대하듯 정중하게 인사를 했다. 그녀는 아드님이 듬직하고 마음에 들어 자식같이 생각할 거라며 오히려 나를 안심시켰다. 게다가 힘든 일은 없을 테니 걱정 말라면서 집이 식당 근처인 것 같으니 틈나면 한번 들르라고도 했다. 얼버무리긴 했지만 불안한 내 입장까지 배려해 주는 것 같아 한결 마음이 편해졌다.

그런데 바쁘지 않으면 오늘 저녁부터라도 아이를 보냈으면 좋겠다는 말에 바로 대답까지 하고 말았다. 비가 와서 손님이 적을 거라는 얄팍한 계산이 스쳤기 때문이다.

저녁밥을 하는데도 머릿속은 계속 갈빗집에 가 있었다.

'내가 저 아이를 어떻게 키웠는데 남의 집에, 그것도 식당 종업원으로 보낸단 말인가. 이미 시작했으니 며칠

만 하고 나머지는 내가 하겠다고 말해 볼까? 손자를 끔찍이 사랑하시는 양가 어머님께서 이 일을 아신다면?'

이런저런 생각이 겹치자 아무 일도 손에 잡히지 않았다.

"비가 이렇게 오는데 야는 어데 갔노?"

점점 커지는 빗소리가 들렸는지 수저를 든 남편이 물었다. 열한 시가 되려면 아득한 시간. 우선 친구 만나러 갔다고 둘러댄 후 서둘러 설거지를 끝냈다.

우산을 들었다. 아직은 주인이 내 얼굴을 모를 테니 들킬 염려는 없을 터, 이럴 때 주변이라도 둘러보고 싶었다.

저녁 시간이라 그런지 쏟아지는 비를 뚫고 사람들은 야속하게도 계속 들어갔다. 나는 가게 주변을 몇 번이나 오르내렸다.

얼마나 지났을까. 홀 저편에 화로를 들고 지나가는 남자가 보였다. 아들이었다. 반가움과 부끄러움 그리고 안쓰러움에 주저앉을 것 같았다. 벽 뒤로 얼굴을 숨겼다 내밀기를 몇 차례. 그쯤에서 나는 발길을 돌리기로 했다. 공연한 오해로 아들에게 피해를 줄 것 같아서였다.

떨어지는 빗물이 우산을 타고 가슴속까지 파고들었다. 문득 스무 해 전의 아픔이 비와 함께 쏟아지기 시작했다.

아들은 출생 다음 날 환자가 되었다. 이름도 없는 '양 아기'였다. 의사는 머리카락을 밀고 발가벗긴 몸에 얼음 주머니를 들이댔다. 알 수 없는 고열은 하루에도 몇 번씩 주사바늘을 찔러야 했고, 아기는 늦여름 매미처럼 기운을 다해 울었다. 나는 이틀이 멀다하고 편지를 썼다. 상대는 해외에서 일하는 아기 아빠였다.

'어머님도 편안하시고 아기도 건강하며 나도 몸조리 잘하고 있어요.'

혹시라도 알게 될까 봐 미리 쳐두는 가림막이랄까. 사실대로 알린다고 돌아올 수도 없는 처지. 고생하는 남편에게 나눌 수도 없는 고통을 들키고 싶지 않아서였다.

일기도 썼다. 도움이 된다면 내 몸 어디를 떼어가도 좋을 나의 분신. 그때의 상황을 글로나마 저장하여 남편에게 보여 주고 싶었다. 아니, 어미의 미안함을 용서받고 싶었는지 모른다.

아이를 안고 병원 문을 나오면서 몇 번이고 다짐했다. 지금부터 내 삶은 온전히 아들만 위해 희생할 거라고. 그리고 다른 아이들의 몇 갑절 되는 호강만 시켜 주리라고.

버스를 타고 간 길을 어떻게 걸었는지 집 앞까지 왔다.

현관문을 열었다. 살그머니 안방으로 들어가 문갑 깊은 곳에서 그 일기장을 찾았다. 자라면서 멈추었지만 오늘의 심정도 보태놓고 싶었다.

'2000년 9월 5일 홍제동 왕갈비 집에서 아르바이트 시작.'

그런데 한 줄밖에 쓸 수 없었다. 손님 뒤에서 화로를 놓치지나 않을까 하는 불안감이 계속 머릿속에 떠돌아다녀서였다.

"디잉~동."

조심스레 초인종이 울렸다. 얼른 달려 나갔다. 진한 갈비 냄새는 들어오는데 아들은 겸연쩍게 서서 웃기만 했다. 머리도 등도 흠뻑 젖었다.

"우산 가져갔잖아?"

마음에도 없는 말을 큰 소리로 물었다.

"밖에서, 불⋯."

아들은 집게손가락을 입술에 대며 속삭이듯 대답했다.

"아빠, 잘 다녀왔습니다!"

평소보다 큰 목소리. 뒤꿈치를 들고 화장실로 들어가는 축축한 뒷모습. 창문을 때리는 빗줄기와 함께 내 마음에도 큰비가 내렸다.

두어 달이 지났을까. 아들의 일터가 바뀌었다. 심성을 들여다본 가게주인이 자기 아들의 과외선생으로 부탁한 모양이었다. 뒤이어 주방 아주머니 자녀까지 맡겼으니 완전히 이직한 셈이었다.

힘든 일을 먼저 체험해 보겠다던 아들의 아르바이트. 그것은 비 온 다음이 아니면 볼 수 없는 소중한 햇살이었지 싶다.

배웅

"여기 폐차장인데요, 집이 어디쯤이죠?"

목소리 굵은 남성이 다급하게 위치를 물었다.

자잘한 집안일 외에는 직접 처리하던 남편이 이번 일은 예외였다. 연락되는 대로 오늘 꼭 가져가게 하라며 전화번호 몇 개와 자동차 열쇠를 건네주고는 가야 할 데도 없는 것 같은데 아침부터 집을 나간 뒤였다.

십여 년 동안 발이 되어 주던 것을 자기 손으로 없애야 하는 고통이 오죽하랴 싶어 나는 자신도 없는 일을 넘겨받았다. 몇 군데 전화로 비교해 보다가 5만 원이나 주겠다는 곳을 찾았으니 계약은 쉽게 이루어진 셈이었다. 빨리 기사를 보내 달라는 부탁은 했지만 막상 근처까지 왔다는 전화를 받자 가슴이 두근거리기 시작했다.

차 열쇠를 들고 밖으로 나갔다. 수위실 앞에 멍청히 서 있는 차를 보자 가슴이 저려왔다. 문을 열었다. 구석구석 한 번 더 살피고 트렁크도 열어 보았지만 비어 있는 공간은 내 마음처럼 허허롭기만 했다.

두 해 전쯤이던가. 남편은 지방으로 발령을 받았다. 주변 사람들은 떨어져 사니까 편하겠다고 부러운 듯 말했지만, 네 식구의 외로움은 말할 수 없었다. 손꼽아 기다리던 주말 저녁도 다음 날을 생각하면 아쉬웠고, 일요일 저녁 식사는 늘 맛이 없었다.

남편은 출발 시간을 점점 미루었다. 하지만 나는 어둡기 전에 고속도로에 올라야 한다며 떠밀듯이 서둘렀다. 졸리면 먹으라고 오징어나 방울토마토는 앞자리에 놓고 뒷좌석에는 옷가방을 올렸다. 오늘은 환희 웃어 줘야지 하면서도 잘 다녀오라는 인사말 끝은 언제나 가라앉았다.

어둠이 짙어가는 아파트 마당, 무거운 바퀴가 움직이면 아들아이는 기다린 듯 정문까지 함께 뛰곤 했다. 쥐색 그림자가 골목을 빠져나가면 우리 세 식구는 버려진 사람처럼 그 자리에 남아 멍하니 바라보았다.

하지만 그것도 사치였을까. 회사는 공기업 민영화를 핑계로 직원들에게 희망퇴직을 권유했다. 고민하던 남편은 객지 생활이 불편하다는 이유로 사표를 쓰고 말았다. 주말마다 치르던 이별 의식의 막이 내린 것은 기뻤지만, 함께 다니던 자동차가 먼지를 이고 아파트 구석에 엎드린 걸 보는 것은 안타까운 일이었다.

운동 부족일까. 얼마 전까지만 해도 다섯 시간을 묵묵히 달리던 녀석이 말썽을 부리기 시작했다. 지난여름 휴가 때 한계령을 내려가다가 당한 삼중 추돌의 후유증인지 시동도 자주 꺼졌다. 잘 본다는 정비소마다 찾아다니고 의심 가는 부속은 거의 바꾸었지만 때와 장소를 가리지 않고 버티고 설 때면 황당하기 짝이 없어 어려운 결정을 내리고 만 것이다.

함께했던 십여 년을 생각하며 곁을 서성이는데 험상궂은 견인차 한 대가 들어왔다. 전화를 준 아저씨 같았다. 그는 차를 내 옆에 바짝 붙이더니 문을 열고 먼저 눈인사를 했다. 그리고 견인차의 등을 우리 차 앞에 업을 듯 들이댔다.

"직접 몰고 가시는 게 아닌가 봐요."

내 질문이 시답잖은지 그는 빙긋이 웃으며 쇠고리만 풀었다.

"기름이 많은데 누가 타지는 않겠죠?"

처음 하는 일이라 공연히 걱정스러워 또 물었다.

"이러면 마음이 놓이겠지요."

그는 잡고 있던 쇠고리로 갑자기 앞 유리창을 철썩 때렸다. '쨍그랑' 하는 신음과 함께 유리가 박살나고 말았다. 아픈 아이에게 뺨까지 때리다니. 운행할 수 없는 차라는 걸 확인시키느라 그랬다지만 내 마음도 박살나는 것 같았다.

"키 주세요. 어떻게, 많이 받으셨던데요."

이 상황에 돈이 무슨 대순가? 이틀 후 구청에 확인하면 완전히 정리되었을 거라며 주머니에서 봉투만 하나 던져 주고는 황급히 차에 올랐다.

터진 얼굴로 목이 묶인 채 끌려가는 뒷모습. 남편을 태우고 어둠 속을 헤쳐 가던 날보다 더 진한 설움이 목구멍을 오르내렸다. 함께했던 나날. 남편의 왕성한 젊음마저 데리고 갔다.

흩어진 유리알 몇 점. 벤치에 혼자 앉아 녀석이 머물고

간 자리를 망연히 바라보았다. 어떤 이별인지도 모르고 흥정만 해댄 주인이 얼마나 야속했을까.

집으로 돌아온 나는 폐차장 이름이 적힌 봉투를 텔레비전 위에 올려놓았다. 저녁 무렵에야 돌아온 남편은 아무것도 묻지 않았으며 나도 그 뒷이야기를 꺼내지 않았다.

녀석을 잊기에 좀 더 시간이 필요했을까. 하나 남은 열쇠는 여전히 현관 입구에 걸려 있다.

새 뿌리를 내리며

집이 팔렸다. 이사 온 다음 날 돌잔치 한 막내가 서른이 넘었으니 강산이 세 번이나 바뀐 집이다. 계약서를 들고 부동산 문을 나서자 서운함이 왈칵 달려들었다. 앞선 남편도 같은 마음이었으리라.

그 무렵만 해도 아랫동네 사람들은 우리 집을 무척 부러워했다. 다닥다닥 붙은 산동네에 처음 솟은 고층 아파트는 동화 속 궁전 같았다고나 할까. 엘리베이터가 있어 계단을 걸어다니지 않아도 되고 겨울에도 반팔로 지낸다니 더 그랬지 싶다.

하지만 나는 별로였다. 원두막에 앉은 것처럼 속시원한 맛은 있어도 전에 살던 평지를 생각하면 부아가 났다.

내려갈 때는 쉽지만 버스에서 내려 걸어올 때, 그것도 양손에 짐을 들었을 때는 여간 힘든 게 아니었다. 알뜰하신 시어머님이 어려워 유모차는 엄두도 못 냈으니, 번갈아 감기치레를 해대는 아이를 업고 잡고 병원 다녀오는 날은 시골도 이런 시골이 없다고 투덜대곤 했으니까.

몇 년이 지나 주변에 비슷한 아파트가 하나씩 들어서자 정문 앞에 마을버스 정류장이 생겼다. 누가 태워다 주는 것 같았다. 창문을 열면 양팔을 활짝 편 인왕산이 환하게 웃어 주고 고단한 허리는 북한산이 받쳐 준다는 것도 느끼기 시작했다. 공기 좋은 데다 시내와 가까우니 이젠 그곳에서 붙박이가 되리라 마음먹었다.

그런데 손녀가 둘 태어나자 마음이 움직이기 시작했다. 넉넉한 재산은 못 물려주더라도 필요할 때 가서 건사해 줘야 할 의무감이라고나 할까. 아니, 그 재롱을 곁에 가서 실컷 보고 싶었다. 그러면서도 혹시 짐이 되면 어쩌나 하는 사이 집이 팔리고 말았다.

마음이 바빠졌다. 구석구석 쑤셔 넣은 짐은 아무리 꺼내도 표가 나지 않았다. 아낀다고 두고, 몰라서 못 쓴 것이 수두룩했다. 수없이 재다가 분리수거 날 큰맘 먹고 몇 아름 들어내는데 위층 할머니가 내려오셨다.

"할머니, 저희 이사 가요."

"어머나! 어디로, 언제?"

걸음을 멈춘 할머니는 내 대답도 듣기 전에 눈가가 축축해지셨다. 아파트 수위 아저씨, 시장의 단골 가게, 만나는 사람마다 일찌감치 작별 인사를 해 두었다.

계란 가게에도 들렀다.

"어떡해요! 서운해서…."

계란 한 판을 받고 만 원짜리 한 장을 건네자 슬픔을 가득 안은 아주머니는 한참 만에 거스름돈을 내밀며 말끝을 흐리셨다. 그런데 이상했다. 집에 와서 손에 쥔 돈을 지갑에 옮기려고 보니 평소의 계란값이 아니었다.

며칠 후 다시 가게에 들렀다.

"아이구, 그걸 또 확인했구만. 그냥 주면 안 받을까 봐 덜 받았더니."

앞치마를 만지작거리는 아주머니와 나는 또 손을 맞잡았다. 당신의 한글 선생님이 되어 달라는 부탁과 함께 감춰 둔 치부까지 보여 주셨는데, 그 바람마저 놓치게 되었으니 더 야속했지 싶다.

단골 약국에도 들렀다. 미리 얘기는 했지만 이삿날을 앞두자 한 번 더 보고 싶었다.

"신도시라 약국도 없을 텐데, 상비약이라도…."

봉투가 불룩하도록 담아 건네는 약사님. 혹시라도 지나는 길 있으면 꼭 들렀다 가라며 문 앞까지 따라 나오셨다. 샘물처럼 솟아오르는 정. 언제 이런 정을 또 맺을 수 있을까 생각하니 언덕길도 힘들지 않았다.

이사 전날이었다. 식구들은 잠자리에 들었는데 내 정신은 점점 또렷해졌다. 거실로 나와 소파에 우두커니 앉았다. 좋은 이웃, 손때 묻은 젊은 날의 흔적이 모두 나를 껴안는 것 같았다. 휴대폰 동영상을 켜서 집 전체를 한 바퀴 돌렸다.

베란다에서 보이는 내부순환도로의 차량 불빛. 우리네 삶도 저렇게 왔다가 저렇게 가겠지. 그곳에서는 얼마나 살게 될까. 앞으로 맞을 날들이 뜯지 않은 편지를 손에 쥔 것 같았다.

새집으로 들어왔다. 이제부터 경기도민이 되었다. 신도시를 일구는 건설 현장의 망치 소리만 한낮의 고요를 깨우는 곳, 바람도 햇살도 모두 외롭다. 입주 초라 그런지 엘리베이터도 비어 있다. 옆집도 조용하다. 기승을 부리던 늦더위마저 물러가니 밤새 비행기를 타고 몇 마일 날아온 것 같다. 겹겹이 닫힌 출입문. 몇 차례나 비밀번호를 눌러야 내 집에 들어올 수 있는 서먹한 시스템이다. 적당한 시기에 옮겨 심기도 해야 하는데 한곳에 너무 오래 머문 우리는 금세 솔잎을 그리워하는 송충이가 되었다.

오랜만에 주변을 둘러보았다. 제 몸도 가누기 힘들면서 둥지를 짓도록 가지를 내준 나무, 고운 빛을 밀어올리는 가녀린 이파리는 아직 뿌리내림도 못했을 텐데 계절에 맞춰 색깔을 만드느라 진땀을 흘린다.

'너희는 어디서 왔니?'

우람한 정원수는 저희끼리도 서먹한 눈치다. 큰 나무일수록 자리잡는 고통은 배가 되리라. 나무들을 받쳐 주는 버팀목. 서로 어깨를 내주는 사랑 나눔이 장하다.

휴대폰이 울렸다.

"어머니, 이번 토요일 저희 집에 오세요. 삼겹살 파티해요."

내 외로움을 들여다보았을까. 며늘아기의 밝은 목소리

가 유난히 고맙다.

　우리의 여생을 받쳐 줄 버팀목. 언제라도 손 내밀면 잡아 줄 자식이야말로 최고의 지지대가 아닐까 싶다.

백 원짜리 서른다섯 장

내가 결혼식을 올린 해는 1980년이었다. 추석 때 맞선을 보고 그해 바로 혼례를 올렸으니 무척 바빴다. 두 해 전 아버지가 돌아가시고 혼자 치러야 할 큰일이니 어머니 걱정도 이만저만 아니었을 것이다. 하객들에게 어떻게 답례를 해야 할지 궁리하다가 축의금 주신 분들께 봉투 하나씩을 마련했던 모양이다.

나는 서울에 있으면서 시골에서는 예식만 올려 어머니가 준비하는 일을 잘 몰랐다. 게다가 서울에 살림을 차려 뒷일에도 관심이 없었다.

그런데 얼마 후 친정에 가자 어머니가 봉투 하나를 내놓으셨다. 내 결혼식 때 답례로 쓰고 남은 돈이니 필요

할 때 쓰라는 뜻이었다.

예전에 옥희 언니 아버지가 소 판 돈으로 결혼 준비를 하면 딸이 못 산다고 우리 집에 와서 다른 돈으로 바꾸어 가던 일이 생각났다. 좋은 일에 쓰던 돈이라 좋은 일을 불러올 것 같아서였을까. 나는 고맙다는 말도 못하고 울컥한 마음을 눌러 봉투를 열어 보았다. 파란 백 원짜리 신권. 모두 서른다섯 장이었다.

나는 그것을 잘 간직해 두었다. 어쩌다 돈이 필요해도 신권인 데다 어머니의 정성을 생각하면 건드릴 수가 없었다. 훗날 십 원과 오백 원 지폐도 새것으로 열 장씩 보태 두었지만 백 원짜리만은 더하지도 빼지도 않았다.

그 무렵 남편은 우표 수집에 취미를 붙여 새로 나온 우표를 열심히 사서 모았다. 손자국이 묻으면 안 된다고 핀셋으로 집어 파일에 넣은 후 앨범에 보관하는 작업은 지나칠 정도로 꼼꼼했다. 지켜보던 나는 한동안 잊고 지내던 게 생각났다.

장롱 서랍을 열고 바닥에 깔린 봉투를 꺼내 왔다. 남편은 무척 신기해했다. 마운트에 끼워 우표처럼 한 장씩 보관하자는 둥, 앞으로 아이들에게 유산으로 물려주자는 둥, 횡재를 한 듯 들떠 있었다. 일련번호도 순번대로 천 원, 오천 원, 만 원짜리까지 열 장씩 보태 두었으니 우리는 갑자기 화폐 수집광처럼 되었다.

계절이 바뀌어 옷장 정리를 할 때면 서랍 바닥에 불룩하게 솟아오른 봉투들이 내 마음을 뿌듯하게 했다. 아기에게 속옷을 갈아입히듯 새 신문지로 바꾼 후 다시 헤아려 보는 즐거움은 통장에 저축한 것보다 든든했다.

그러던 몇 년 전 이사를 하게 되었다. 삼십 년 가까이 한집에 살아 그런지 일이 많았다. 버리고 정리하는 일은 해도 해도 끝이 없었다. 귀중품은 따로 가방에 넣어 미리 승용차에 실었다. 기껏해야 퇴직기념으로 받은 행운의 열쇠, 애기 반지, 나름대로 중요하다고 생각되는 서류나 깨질 위험이 있는 것들이었다.

동네 이삿짐센터에 부탁했더니 친절하고 야무지게 잘 봐주었다. 웬만한 짐은 모두 박스로 들어갔다. 장롱도 옷걸이에 걸린 옷만 꺼내 담고 서랍째 담요로 싸서 내려보냈다. 처음 하는 포장이사라 구경하는 재미도 괜찮았다. 나를 발가벗고 보여 주는 것처럼 부끄러웠지만, 물건 하나하나에 정성을 다하는 모습에 믿음이 갔다.

안방을 담당한 아저씨는 옮긴 집에서도 안방을 맡았다. 할일도 별로 없는 것 같은데 다른 분들보다 유난히 오래 정리하는 걸 보니 성격이 무척 꼼꼼한 것 같았다. 가족처럼 알뜰히 챙겨 주는 마음이 고마워 계약보다 좀 후한 봉투를 내밀자 부자 되라는 덕담을 주고 기분 좋게 돌아갔다.

다음 날은 일이 산더미였다. 구석구석 끼워 넣은 살림이 제자리를 잡기까지는 한 달도 모자랄 지경이었다.

장롱 서랍을 열었다. 그런데 가지런히 접어 둔 옷들이 마구 엉켜 있었다. 테이프를 붙여 그대로 옮겨 오느라 많이 흔들렸나 싶었다. 순간 봉투 생각이 났다. 손만 넣으면 항상 그 위치에 불룩한 게 잡혔는데 이상했다.

옷을 다 꺼냈다. 신문지도 털어 보았다. 혹시나 해서 서랍을 빼고 안쪽 깊숙이 들여다보았지만 아무것도 없었다. 옷을 또 털고 신문지를 흔들었다. 울고 싶은 심정. 남편한테 말할 수도 없었다. 식욕도 잠도 잃었다. 자리에 누우면 눈앞에 어른거려 다시 불을 켜고 서랍 여는 일을 몇 번이나 반복했다.

'혹시 그 아저씨? 이삿짐센터에 전화해서 넌지시 물어볼까? 돌려주면 그보다 많은 액수로 사례하겠다는 편지라도 써 볼까? 찾지도 못하고 괜히 마음만 상하게 하면 어쩌지?'

아무리 용을 써 봐도 부질없는 방법. 쳇바퀴 돌리듯 머리를 굴렸지만 뜬구름 잡기였다. 자주 듣던 친정어머니 말씀이 생각났다.

'남을 의심하는 게 훔치는 죄보다 크대이.'

하지만 그것도 잠시뿐이었다. 봉투만 보고 욕심이 생겨 가져갔지만 반성과 후회로 잠 못 이루어 우리 집 벨을 누를지도 모른다는 약간의 기대는 나를 더 힘들게 했다.

그런데 오늘, 버스정류장에 서 있는데 건너편에 걸린 현수막 하나가 눈에 들어왔다. 잃어버린 딸아이를 찾는 호소였다. 강산이 두 번이나 바뀌었건만 남은 가족에겐 세월의 눈금도 보이지 않은 걸까. 문득 잃어버린 내 봉투가 겹쳐졌다.

견물생심이라 하지 않던가. 소중한 것을 관리 못한 내 잘못이지 누구를 탓하겠는가. 어머니의 정성을 소홀히 다룬 죄의식이야 말할 수 없지만 그것이 그 사람의 생활에 작은 도움이라도 되었으면.

묵은 체증이 좀 뚫린 것 같다.

실패한 쿠데타

며칠 동안 휴대폰에 같은 메시지가 떴다. 저장 공간이 가득 찼다는 것이다. 필요 없는 것을 지워 봐도 소용없었다. 얘기를 듣던 친구가 단체 카톡방에서 잠깐 나오는 것도 방법이라고 했다. 그러잖아도 필요 없는 사진과 글이 올라와 신경 거슬리는 방이 있었는데 핑계 삼아 나갔다 오는 것도 괜찮을 것 같았다.

'대화 거부 및 나가기'를 눌렀다. 무단가출. 좀 부끄러운 일이지만 비슷한 경험이 하나 더 있다.

한동안 남편과 냉전 상태로 지낼 때였다. 분명히 그이가 잘못했고 사과 받아야 할 일인데 나보다 더 화를 냈다. 나도 입을 다물었다. 집안에 냉기가 가득찼다. 어물

쩍 넘어갈까 했지만 이번만은 양보하기 싫었다. 남편이 출근하면 잠시 잊다가 얼굴만 보면 숨이 막혔다. 한 달은 된 것 같았다. 질식할 것 같은 고통. 나는 무작정 재킷을 들었다.

"다시는 이 집에 오나 봐라."

소파에 기댄 남편을 향해 침을 뱉듯 크게 말했다. 내 나름의 강펀치였다. 그리고 현관문을 힘껏 닫았다. 엘리베이터 버튼을 누르고 힐끔 돌아보았지만 우리 집 현관문은 반응이 없었다. 어딜 가느냐고 깜짝 놀라 내 팔을 잡을 줄 알았는데 못 들었나?

바깥 공기는 남편의 표정보다 더 싸늘했다. 어느 쪽으로 가야 할지 막막했다. 아무리 속상해도 가출만은 안 할 거라는 게 지금까지의 신조였으니 점찍어 둔 곳이 있을 리 없었다. 한참을 서 있다가 버스정류장 쪽으로 걸어갔다.

의자에 앉았다. 우리 집을 향해 몇 번이고 고개를 돌려보았지만 아무도 나타나지 않았다. 햇살을 밀어낸 바람이 자꾸만 얼굴을 쓸고 갔다. 발도 시렸다. 어디로 가야 할까? 신도시인 데다 이사 온 지 얼마 되지 않아 주변

지리도 잘 몰랐다. 바쁘게 달려가는 사람, 종종걸음으로 집을 향하는 사람. 타고 내리고, 내리고 타고. 갈 곳 있는 그들이 부러웠다.

무작정 버스에 올랐다. 차츰 몸이 녹는 것 같았다. 노부부가 올라왔다. 할아버지가 든 비닐봉지 위로 파 이파리가 보였다. 둘이서 시장을 본 모양이었다. 오늘 저녁 식탁 앞에 마주 앉을 그들의 풍경이 그려졌다. 자리에 앉아 연신 얘기를 주고받는 뒷모습이 얼음장 같은 우리 부부애에 풀무질을 해댔다.

손에 쥔 휴대폰을 들여다보았다. 기척이 없었다. 복잡하던 버스 안도 휑해졌다. 운전기사의 눈빛이 자꾸만 룸미러에 머물러 내 표정을 훔쳐보는 것 같았다.

무턱대고 하차 버튼을 눌렀다. 최대한 집과 먼 방향으로 가는 버스로 바꿔 탔다. 주변에는 벌써 어둠이 내리고 있었다. 멀리 빨간 온천 마크가 보였다. 24시간 사우나. 일단 내렸다.

휴일이라 그런지 찜질방 안은 북적였다. 시선이 모두 나에게 쏠리는 것 같았다. 얼마 남지 않은 배터리 잔량. 충전기도 속옷도 챙길 줄 모르는 나는 가출 왕초보였다.

카운터에 가서 충전을 부탁하고 구석진 곳에 자리잡았다. 점점 사람이 많아졌다. 소곤소곤 나누는 목소리. 그들의 대화는 눈을 감았는데도 다정함이 훤히 들여다보였다.

밤이 이슥해졌다. 왁자하던 주변이 조용해졌다.

'이제 어떡하지?'

누구에게도 들키기 싫은 지금의 내 모양새, 점점 나락으로 떨어지는 것 같았다.

휴대폰을 받아 왔다. 여전한 침묵. 슬슬 괘씸한 생각이 들었다. 이왕 나온 거 오늘은 여기서 묵기로 하고 벗어둔 재킷에 얼굴을 묻었다.

자정이 지났을까. 깜빡 잠이 들었는데 반가운 벨 소리가 들렸다. 그런데 출장 갔던 딸아이였다. 울먹이는 목소리에 내 걱정 말고 오늘만 봐 달라고 다독였다. 엄마가 집에 없는데 어떻게 자겠느냐면서, 지금 근처 찜질방 다 뒤지고 있으니 어디에 있는지만 알려 달라고 사정을 했다.

흠칫했다. 그 많은 장소 중 찜질방을 겨냥했다는 게 놀랍기도 하고, 늦은 밤 여자 아이가 혼자 찜질방을 기웃거린다 생각하니 안쓰러웠다. 안전한 곳에 있다며 몇 번이나 실랑이를 하다가 끝내 위치를 알려 주고 말았다. 새벽 3시는 된 것 같았다.

아이를 만났다. 눈물을 찍어내는 아이 손을 잡고 나는 한숨을 길게 내뿜었다. '고래 싸움에 새우 등 터진다'더니 자식이 무슨 잘못인가. 그저 미안하고 부끄러울 따름이었다.

"엄마, 집으로 가자. 가서 내 방에 숨어 있으면 되잖아."

애원하는 딸아이가 안쓰러워 못 이긴 척 뒷자리에 앉았다. 어둠만 가득한 집. 닫힌 안방 문 사이로 코 고는 소리가 새어 나왔다. 사냥을 마친 호랑이 같았다. 신발을 감추고 아이 방으로 들어갔다. 참 아늑했다.

날이 밝았다. 텔레비전 소리, 물소리 그리고 숟가락 부딪히는 소리에 이어 현관문 닫는 소리가 들렸다. 출근한 것 같았다. 살그머니 거실로 나가 보았다. 깔끔하게 정리된 주방, 침대 위도 가지런했다.

내 자리가 없어졌다. 아니, 이 집에서 필요 없게 되었다. 내 꾀에 내가 걸려 넘어진 꼴, 보기 좋은 완패였다.

저녁이 되었다. 현관문 열리는 소리가 들렸다. 가슴이 콩닥거렸다. 어디로 갈지 몰라 싱크대 앞에 그대로 서 있었다.

"잘 놀다 왔어?"

그는 지나가는 바람처럼 한마디 툭 던졌다. 눈이 마주쳤다. 멋쩍은 웃음을 날리며 태연히 안방으로 들어가는 뒷모습. 그가 당당해진 만큼 나는 초라해져 있었다.

'내가 어디 놀러 갔나?'

목구멍까지 치고 올라오는 말을 삼키며 나는 그쯤에서 백기를 들기로 했다.

한 달이 넘도록 기웃거리는 내 몰골을 비웃기라도 하듯 여전히 단톡방은 잠겨 있다. 금방 '초대'할 줄 알았는데 회원들은 내가 나간 줄도 모르는 것 같았다. 무슨 얘기가 오가는지 언제 모임이 있는지 답답했다. 왕따가 되었다.

나를 좀 불러 달라고 했다. 그러나 며칠째 감감무소식이었다. 왜 그런지 아무리 초대해도 안 된다고 했다. 전문가에게 물어보니 '나가기'를 클릭해야 하는데 '대화 거부 및 나가기'를 눌러 다시는 들어갈 수 없다는 것이다.

하는 수 없이 육십여 명이 모인 방을 새로 만들었으니, 내 가출은 둘 다 실패한 쿠데타임이 확실하다.

날아간 선물

출생지에 따라 성격도 조금씩 다른 것 같다. 말해 무엇
하랴마는 자상한 서울 남자와 무뚝뚝한 경상도 남자를
비교할 때가 있다. 결혼한 지 서른 해가 넘었지만 사랑
한다는 말은커녕 선물 한 번 받은 기억이 없으니, 서운
한 마음 없다면 거짓이리라.

그때는 모두 어려운 시절이라지만 남편은 결혼반지도
사 줄 생각이 없었다. 아파트 전세를 계약했기에 나도 그
런 걸 따질 형편이 아니었다. 보다 못한 친정 올케가 귀
띔을 했다. 결혼식 마치고 친구들 만나면 가장 먼저 손가
락부터 보는데 아가씨는 자존심도 없냐는 것이었다. 들
어보니 그럴듯해서 참새 눈알만 한 다이아몬드를 박아

서로 나눠 가졌다.

그런데 3년이 지나자 시어머님 회갑이 다가왔다. 어머님은 우리만 결혼시키면 돌아가실 것 같다고 수시로 말씀하셨기에, 회갑이 효도의 마지막 기회 같았다. 하지만 무리하게 집 장만을 하고 보니 꼭 써야 할 곳인데 돈이 없었다.

며칠 동안 고민하던 나는 장롱 속 결혼반지를 꺼냈다. 그리고 그 반지를 샀던 귀금속 가게로 갔다. 사정을 이야기한 후 맘에 드는 금비녀를 고르자 반지 값과 얼추 비슷했다. 다행이었다. 흥정할 필요도 없이 쉽게 교환이 이루어졌으니까.

어머님은 크게 기뻐하셨다. 동네 사람들도 서울 둘째 아들 칭찬이 자자했다. 그래도 남편은 그 비녀를 어떻게 장만했는지 얼마나 줬는지도 묻지 않았다. 그렇지만 나는 마음에 드는 걸 해 드릴 수 있어서 기분이 좋았다.

나이를 먹으면 취향도 변덕을 부리는 걸까. 슬슬 귀금속에 관심이 가기 시작했다. 모임에서 친구들이 결혼 기념 선물로 받았다며 손을 내밀면 내 손가락은 자라목처럼 움츠러들었다. 금년에는 뭘 사 줄까, 은혼식에는 어떤 이벤트로 나를 감동시킬까 은근히 눈치를 살폈건만, 남편은 변함없는 돌부처였다. 한결같은 케이크 외에는.

20여 년이나 지난 어느 날, 반지 얘기를 꺼내 보았다. 그러자 자기 반지를 팔지 그랬느냐고 오히려 나무라는 것이었다. 미안해하면 어쩌나 싶어 몇 년 동안 입조심한 결과에 비해 너무나 허망했다.

그날도 결혼기념일이었다. 며늘아기가 초대를 했다. 주말부부다 보니 남편은 지방에서, 나는 집에서 따로 갔다. 저녁 식사를 하고 있는데 우리 아파트 수위 아저씨한테서 전화가 왔다. 택배가 왔는데 이번에도 며칠 걸리면 물건을 냉장고에 넣어 둘까 해서였다. 누가 보낸 거냐고 물으니 무슨 회사 이름 같은 걸 말하는데 잘 들리지 않았다. 남편에게 물었다. 모른다고 했다. 나한테 온 물건이니 알 리가 만무할 뿐더러 자꾸 따지기도 뭐해서 그냥 넘겼다.

다음 날 아침, 남편이 지방으로 내려가자 나는 서둘러 집으로 왔다. 수위실부터 들렀다. 아저씨는 냉장고 안에서 조그만 스티로폼 박스를 꺼내 주었다. 발신인 글씨는 선명하지 않지만 받는 사람은 내가 확실했다.

현관문에 들어서기 바쁘게 엉거주춤 앉아 테이프를 벗겼다. 예쁜 포장지로 싼 상자가 나왔다. 가슴이 쿵덕거렸다. 상자를 열었다. 이번에는 꽃봉투가 보였다. 편지였다. '사랑하는 명자에게'로 시작하여 '당신을 사랑하는 ○○로부터'라고 쓴 인쇄물. 그런데 화가 치밀었다. 문장 어디에도 남편의 온기라고는 찾을 수 없는 복사본 편지는 통신판매라는 걸 금방 알 수 있었다.

　속 상자를 열었다. 목걸이와 반지였다. 시골 장날 난전에 몇 달 동안 끌려다닌 좌판 물건 같다면 지나친 표현일까. 전혀 내 취향이 아니었다. 교환을 위한 배려인지 리플릿에는 금액이 적혀 있는데 만만치 않은 숫자였다. 문득 귀금속 가게 진열대 앞에서 아내 손을 잡고 선물을 골라주는 드라마 속 남자가 떠올랐다.

　'당신 고마웠소. 진작 하나 장만해 주고 싶었는데 늦었지. 이게 괜찮을까? 저건 어때? 하면서 고르는 재미도 있어야지. 편지 한 장도 자기 손으로 못 쓰는 사람, 숙맥처럼 통신 판매원의 덫에 걸려 그들 맘대로 담게 하고 복사본으로 찍은 편지마저 돈을 주고 사다니.'

　잔뜩 약이 올라 있는데 문자 메시지가 왔다.

"그거 맘에 안 들면 도로 보내도 돼. 그러기로 했으니까."

보내도 된다는 말이 주는 것보다 반가웠다. 쏟아 놓은 물건을 얼른 주워 담았다. 편지도 넣었다. 판매처에 전화를 했다. 그들은 갖가지 달콤한 말로 결정을 바꾸려 했지만 이미 내 마음은 멀리 떠난 뒤였다.

엊그제가 결혼 35주년 되는 날이었다. 변한 게 있다면 이젠 그 케이크가 아들 손에 들려 있다는 것이다. 여섯 살짜리 손녀는 공주 그림을 그려 와서 제 동생과 앙증맞은 손바닥을 두드리며 축하 노래를 불러 주었다. 며느리는 봉투를 주고 딸아이는 커플 잠옷을 내놓았다.

"당신은?"

어리광을 부리듯 남편 앞에 두 손을 내밀었다.

"사 주면 뭐해, 도로 보낼 건데."

생각 없이 쏟은 말이지만 상처가 깊어 보였다.

그래, 내가 먼저 기대를 접자. 먼 길을 돌아 거기까지 온 성의를 무시한 내 옹졸함도 있지 않은가.

영문도 모르는 아이들의 웃음소리. 그 소리를 비껴 간 남편의 선물은 더 멀리 날아가고 있었다.

이 일을 어찌할꼬

    세상 참 좋아졌습니다. 한낱 전화기에 불과하던 제가 이렇게 열일을 할 줄 누가 알았겠습니까. 연세 드신 어르신은 물론이고 돌쟁이 애기들도 저희만 잡으면 놓을 줄 모릅니다. 예나 지금이나 알아야 할 것, 알고 싶은 것은 똑같을 텐데 이제 그 많은 걸 해결하는 게 저희 몫이 되었습니다.

    자료를 찾아 알아낼 생각은 않고 모두 저희 힘만 빌리려 하니 어떨 때는 얄미운 적도 있다니까요. 아시다시피 버스나 지하철 노선은 물론 도착 시간에다 빈 좌석 몇 개 남은 것까지 저희가 알려 주잖아요. 그뿐인가요. 돈도 중요한 정보도 모두 제 몸뚱이 속에 있으니 지갑이 무슨 소용이 있겠습니까. 어쩌다 잠깐이라도 저를 두고 나갔다가는 발목 묶인 새나 다름없을 걸요.

그 보답인지 때맞춰 밥 챙겨 주고 가죽옷도 입혀 주더군요. 그런가 하면 잘 때도 늘 머리맡에 두고 눈만 뜨면 주물러대니 사랑도 이젠 지겨울 정도랍니다. 제 속단이긴 하지만 저승 갈 때 딱 하나만 갖고 가라면 일찌감치 저를 부탁해 놓는 사람이 한둘이 아니지 싶습니다.

사실 얼마 전만 해도 주인님 또래 어른들이 저희한테 관심이나 있었나요. 오는 전화나 받고 문자 몇 자 찍을 줄만 알더니 이젠 툭하면 사진입니다.

특히 손주 사진은 두 사람만 모여도 자랑질입니다. 서로 자기 것 보여 주기 바빠 상대방 것은 안중에도 없잖아요. 그러다 보니 관심이 늘었는지 사진기술이 좋아졌는지 아무 데서나 눌러대어 갤러리 방이 미어터질 지경입니다. 미안하긴 하지만 동네 사진관이 문 닫은 것도 저희 때문 아니겠어요.

그러면서도 간혹 입을 틀어막을 때가 있지요. 중요한 행사나 강의 들을 때는 미리 조치를 취해야 하는데 그걸 깜빡했다가는 큰 낭패를 보지 뭡니까.

한번은 장례식장에서 제 가슴이 철렁했다니까요. 빈소에서 향을 사르고 엎드리는 순간, 저희가 지르는 소리 들어본 적 없으세요? 평소 시킨 대로 유행가 한 자락 뽑았을 뿐인데 갑자기 목을 조르니, 그런다고 멈추어지나요. 급소를 누르지 않는 한 입이 다물어지지 않잖아요. 그럴 땐 저도 꼴깍 죽었으면 싶었어요.

제발 부탁인데요. 문자도 그렇지만 카톡방 드나들 때 정신 좀 차리고 사세요. 나이 들어 정신없는 주인님은 이해되지만, 요즘은 젊은이까지 무슨 생각을 하며 사는지 원 참. 모두 한 번씩 겪은 실수라고 자랑 삼아 말합디다만, 문패 좀 잘 보고 드나드시라고요.

공중화장실 잘못 들어간 아가씨야 얼른 뛰어나오면 해결되지만, 이건 아니잖아요. 저희가 아무리 똑똑해도 제대로 확인도 않고 들어가 하고 싶은 말만 쏟아 놓고 명령 단추를 꾹 눌러 버리면 천하장사라도 이겨 낼 재간이 없단 말입니다.

오늘도 그렇습니다. 너무 황당해서 팽개쳤겠지만 혹시라도 제 얼굴에 금이 가거나 깨지기라도 했다면 어쩔 뻔했겠어요. 저만 알고 있는 번호, 중요한 메모, 예쁜 손녀

사진…. 모르긴 해도 제 주인님 가슴에서도 '쿵' 하고 간 떨어지는 소리가 났을 걸요.

사건의 발단은 그놈의 사랑 때문인 것 같아요. 환갑 지난 주인님에게는 아흔 고개를 넘긴 시어머니가 칠 년째 요양원에 계십니다. 그동안 한 달이 멀다 하고 서울에서 경상도까지 문안을 드리더군요.

지난달에는 아들 며느리에 손녀까지 데리고 다녀오더구만, 할머니는 또 그 손자 보고 싶다고 울먹이시대요. 그러니까 주인아저씨 왈, 다음엔 모두 데리고 오겠다고 철석같이 약속을 했지 뭡니까.

제가 보기에도 그건 아닌 것 같았어요. 왜냐하면 어린 두 손녀는 한 시간도 못 가 고속도로에서 창문 열라고 난리고, 며느리도 멀미로 얼굴이 하얘져 눈만 감고 있어 제가 보기에도 안타깝더라고요. 게다가 주인님 아들 회사는 한 달에 사나흘 쉴까 말까 하던데, 그 며칠 안 되는 휴일을 쓴다는 게 어디 쉬운 일입니까. 무엇보다 그 앞에서 안 된다는 말 한마디 못하는 주인님을 보니 듣는 제가 답답했습니다.

떠나기 며칠 전까지 고민을 거듭하던 주인님, 오늘 저녁에는 저를 몇 번이고 들었다 놨다 하더군요.

'아들, 아빠가 이번 일요일 날 너희 모두 할머니 뵈러 가자는데 내가 너 근무라고 할 테니 너도 꼭 그렇게 말해. 알았지?'

엄청난 작전이었죠. 그런데 그 말을 왜 '내사랑' 방에 가서 하냐고요. 폭탄을 지고 굴 속으로 들어간 거죠. 아들이야 '내아들'로 문패를 만든다지만, 그 나이에 무슨 사랑 타령인지. 비슷한 이름이라 혼동할지 모른다는 생각을 한 번이라도 해 봤다면 얼른 바꾸었겠죠?

좀 차분한 성격이라 다른 때는 한 번 읽기라도 하던데, 눈 깜짝할 새 '전송'을 휙 눌러 버리니 제가 버틸 힘이 있나요.

'이 일을 어찌할꼬…'

예부터 사랑은 내리사랑이라 하잖아요. 시어머님을 사랑하는 만큼 아들도 사랑해서 그랬겠지만, 그동안 효심으로 쌓은 탑이 한순간에 주저앉았지요 뭐.

엎질러진 물, 날아간 화살입니다. 며느리 기분 살피랴, 힘든 아들 배려하랴. 그런 마음만큼 한 번만 더 확인하고 들어갔으면 이런 사달은 안 났을 텐데.

상황에 맞춰 소리 지를 줄, 아무리 등 떠밀어도 주춤거
릴 줄 모르는 저도 따지고 보면 공범입니다.

컴컴한 거실 바닥에 벌렁 드러누운 주인님, 그 곁에 내
동댕이쳐진 제 몸뚱어리도 어둠만큼이나 갑갑하네요.

제4부

어머니의 지팡이

몇 년 전 추석이었다. 시댁에서 차례를 지내고 친정어머니께 전화를 드렸다. 시댁과의 거리가 삼십 리 정도밖에 안 되니 어머니는 이제나 저제나 우리를 기다리고 계셨다. 금년에는 고3 딸아이 때문에 오래 머물지 못할 거라고 미리 말씀드리긴 했지만 마음이 편치 않았다.

큰 대문은 잠가 놓고 쪽문만 사용하는 어머니. 그러나 자식들이 오는 날만큼은 환하게 열어 놓는다. 마치 두 팔을 벌린 어머니의 가슴처럼.

활짝 열린 대문 안으로 차가 깊숙이 들어갔다. 얼마 전만 해도 긴 꼬리를 흔들며 린티가 뛰어 나왔는데, 한적한 마당에는 인기척도 없었다.

적막한 뜰. 섬돌 위에는 여전히 신발 세 켤레가 놓여 있었다. 하나는 어머니 것이지만 둘은 임자가 없다는 걸 우리는 알고 있다. 남동생이 신던 헌 구두와 운동화는 식구가 많다는 걸 보여 주기 위한 어머니의 위장술이라고나 할까. 아니, 어쩌면 자식의 체취라도 곁에 두고 싶은 간절한 마음 때문인지도 모른다.

내가 어릴 적에는 식구가 많았다. 정미소와 농사를 겸한 데다 고만고만한 자식이 넷이나 되니 저녁때면 도시락만 해도 설거지통이 넘쳤다. 게다가 농번기가 되면 들일까지 겹쳐 수북한 신발은 제 짝 찾기도 힘들었다.

어머니는 잠시도 쉴 틈이 없었다. 돌아서면 밥을 지어야 했고 얼른 치워야 했기에 옷에는 항상 불냄새가 따라다녔다. 사람 치다꺼리에 접힌 허리 한 번 펼 여유가 없었고, 무쇠솥에는 언제나 밥이 소복했다.

어머니는 먼저 아버지 밥을 퍼서 뚜껑을 덮은 후 우리 밥을 일일이 담았다. 그리고 아이마다 제 수저를 챙겨 주었다. 아무리 바빠도 잡히는 대로 준 적이 없었다. 철딱서니 없는 우리는 그래야만 밥을 먹었으니까.

어디 그뿐인가. 밥솥에 김이 오르는데도 손님을 모시

고 온 아버지가 국수를 찾으면 밀가루를 퍼 국수를 밀었다. 억척스러울 만치 그 많은 일을 해내신 어머니. 어머니는 모두 그렇게 하는 줄 알았다.

자식들 대신일까, 마루 끝에 기대선 지팡이 하나. 비닐 감은 손잡이엔 까만 손때가 묻어 있었다. 언젠가 남동생이 편리한 등산용 지팡이를 사 드리자 도로 갖다 주라고 하셨단다. 자식이 부모 지팡이를 사 주면 나중 그 자식이 해를 입는다는 속설을 믿어서였다.

그 후 어머니는 지팡이 두 개를 손수 깎아 만들었다. 그중 나은 것은 나들이용이라고 모셔 두고 못한 것만 짚고 다니신다. 앞으로 남은 시간도 가늠할 줄 모르는 어머니지만 못난 딸자식에 비한다면 언제라도 손 뻗으면 잡히는 지팡이가 낫지 않을까.

마루문을 열었다. 귀가 어두워서 차가 마당까지 들어가도 모르다가 그제야 방문이 열렸다. 천천히 고개를 내미는 어머니. 나는 어머니를 꼭 껴안았다. 내 품에 폭 싸인 어깨가 가랑잎처럼 바스러질 것 같았다. 다리를 만졌다. 옹이처럼 박힌 뜸 자국을 보자 묵직한 슬픔이 가슴 아래서 치고 올라왔다.

어머니는 천천히 입을 떼셨다. 하루 종일 혼자 있으니 말 한마디 나눌 사람 없어 어둡기 전에 문을 잠가 버린다고. 밤은 길고 잠은 줄고, 텔레비전도 시끄러워 일찌감치 꺼버린다고. 공기만 좋지 어머니를 위한 거라고는 아무것도 없는 고향. 그래도 더 눌러 있겠다는 말씀을 고집으로 받아들이며 팔순의 어머니를 선뜻 모셔오지 못하는 우리는 모두 불효자식이다.

방안을 둘러보았다. 늦가을 감나무에 남은 까치밥처럼 혼자 걸린 스웨터와 호위병처럼 지키고 있는 수북한 약봉지. 벽에는 아버지와 우리들 사진이 훈장처럼 걸려 있다. 잠 안 오는 밤, 옹기종기 불러놓고 무슨 말이라도 들려주고 싶어서이리라.

서너 시간이 지났을까. 어느새 어머니는 참기름이며 올망졸망한 봉지를 줄지어 놓고 쌀을 씻고 계셨다. 늦어서 안 된다고 바가지를 빼앗자 젖은 손을 치마에 문지르며 겸연쩍어하시는 어머니. 짐을 싣던 남편도 난처한 표정으로 내 눈치를 살폈다.

"하룻밤만 자고 가지."

늘 먼저 서두르던 어머니가 갑자기 생뚱맞은 말씀을

하셨다. 우는 자식 떼어 놓고 가는 어미 심정이 그보다 더할까. 두 달만 기다리면 딸아이 시험 끝나니 그때 와서 푹 있다가 가겠다고 한 번 더 말씀드렸지만 소용없었다.

차가 움직였다. 어머니는 지팡이를 놓고 그 자리에 주저앉았다. 반으로 접힌 몸이 금방이라도 굴러갈 것 같았다. 도망치듯 빠져나온 마당. 혼자 남은 어머니는 꼼짝도 않는데 차는 모퉁이를 돌고 있었다.

"할머니도 같이 가시지."

뒤돌아보며 손을 흔들던 아이가 입을 열었다.

헌 신발만도, 아니 지팡이만도 못한 내 눈에서는 뜨거운 눈물이 하염없이 흘러내렸다.

지키지 못한 약속

방문을 닫았다. 천천히 신발을 신다가 다시 문을 열어 보았다. 어머니가 가늘게 눈을 뜨셨다. 나는 들어가 어머니 손을 한 번 더 잡았다. 아기에게 젖을 물리듯 품에 안고 한잠 푹 재우고 싶었다.

"엄마, 꼭 열 밤만 자고 올게요."

나는 또 방문을 닫았다. 차가운 밤공기가 얼굴을 훑고 지나갔다. 아파트 뜰에 내려섰지만 발걸음은 떨어지지 않았다. 고개를 들어 4층 베란다 쪽을 더듬어 올라갔다. 난간을 잡고 얼굴을 내민 채 한동안 손을 흔들어 주시던 어머니가 이젠 보이지 않았다.

기차가 대구에서 멀어질수록 마음은 자꾸만 뒷걸음을

쳤다. 생의 마지막 간이역일까. 그토록 좋아하던 고향집을 두고 어쩔 수 없이 어머니는 아들네로 오셨다. 철길 옆에 엎드린 키 작은 집, 외롭게 서 있는 가로등 불빛, 그 아래 밤마실을 다녀오는 등 굽은 어머니의 모습.

내가 막 여고생이 된 5월쯤이었다. 학교에 갔는데 열이 심해 조퇴를 했다. 이 약 저 약 바꾸어 보았지만 그때뿐이었다. 병원에서는 장티푸스 같으니 대구 큰 병원에 가서 입원 치료를 받아 보라고 했다.

입원을 하면 누가 내 곁에 있어야 하는데, 우리 집은 그럴 처지가 아니었다. 농번기라 정미소는 물론이고 들에도 밥을 해 날라야 해서 어머니는 잠시도 집을 비울 수 없기 때문이었다. 매일 의사 선생님이 왕진을 오셨다. 두어 달이 지나도 차도는커녕 밤중에도 의사를 불러야 했다.

어머니는 마당을 바쁘게 오가면서도 잠깐씩 들어와 이마를 만져 보곤 하셨다. 흰죽을 끓여 왔다. 한 숟갈 떠서 입술에 대어 보고 내 입에 넣어 주셨다. 약까지 먹인 후 정미소와 들에 밥을 내가야 하니 눈길은 연신 시계 쪽을 향했다.

"내 금방 갔다 올께이."

불안한 걸음이지만 어쩔 수 없었다. 백구도 따라갔다. 정적만 내려앉은 집. 젖힌 방문을 뒤로 두고 누웠는데 밖에서 사람 소리가 들렸다. 거지가 동냥을 하러 온 모양이었다. 중얼거리는 소리가 점점 가까워졌다. 그는 방 앞까지 와서 뭐라 하더니 조용해졌다. 그 사람은 누워 있는 내가 부러웠겠지만, 나는 바가지 든 사람이 부러웠다.

세수는 고사하고 혼자 화장실도 못 갔다. 잠시 눈을 붙인 것 같은데 또 열이 올랐다. 검은 옷 입은 사람들이 우르르 몰려와 좀 따라가다가 정신을 차려보면 머리 위에 물수건을 얹고 있는 어머니가 보였다.

"아이구, 우째 이래 안 낫노. 너 친구들은 마카 씩씩하게 잘도 댕기두만."

어머니는 무릎을 내 머리 아래로 밀어 넣으며 긴 한숨을 쉬셨다. 매캐한 그을음 냄새가 콧속 깊이 들어왔다. 아늑했다. 그대로 잠들고 싶었다.

"참 답답하네요. 어디 가서 점이라도 한 번 보시지요."

얼마나 지쳤으면 의사 선생님도 한숨을 쉬며 이렇게 말했다. 다시 살아날 수 없으리라는 절망의 늪. 계절을 하나 넘어 가을이 되어서야 조금씩 밖으로 나올 수 있었다.

그런 일이 처음이 아니었다. 태어난 지 백일도 되기 전에 앓은 백일해는 어머니를 더 놀라게 했다. 그 시절에는 그런 일들이 많았다지만 어린 데다 기침이 너무 심해 숨이 멎었다고 한다. 아기가 죽었다는 소문이 동네에 퍼졌다. 강보에 싸놓은 아기를 한 번 더 안은 어머니가 울고 있는데 멀리서 의원이 왔다. 그는 코 밑에 침을 꽂았다. 한참이 지나자 어린것의 입술이 달싹거렸단다.

"응애~"

모깃소리만 한 울음. 그렇게 건진 생명이라 어느 자식보다 더 정을 주셨다. 형제 중 가장 우람한 줄 알면서도 볼 적마다 더 먹어야겠다는 말씀은 여전한 불안 때문이었지 싶다.

자정이 가까운 시간. 기차 안은 적막만 가득했다. 자꾸만 올라오던 뜨거운 설움이 봇물처럼 쏟아졌다. 다른 정신은 다 놓고도 자식 사랑만은 끝내 잡고 계시는 어머니. 부엌일이 그리 많아도 며칠 밤을 새워 간호해 주셨건만, 나는 내 새끼 건사하기에 바쁘다.

점점 약해지던 불꽃. 기름이 줄어드는 호롱을 뻔히 보면서도 열 밤만 자고 오겠다는 약속만 흘리고 다녔다.

사방이 꽃잔치로 흥을 내는 그해 4월, 어머니가 내 곁을 떠나시는 줄도 모르고.

사진 한 장으로 남은 집

"누나, 오늘 안계 집 계약했어."

"정말? 누가 샀는데?"

누가 산 걸 알아서 뭐할까마는 내 대답은 그랬다. 집을 팔자는 형제들의 의견과 가격을 생각하면 다행이다 싶지만, 아끼던 물건을 빼앗긴 기분이었다. 멍하니 허공만 바라보았다. 떠나온 지 서른 해를 훌쩍 넘긴 고향집이 더 선명한 그림으로 다가왔다.

내가 태어난 곳은 경상북도 의성 면소재지다. 하지만 헬리콥터가 농약을 뿌리고 정부미 도정공장이 세 군데나 있었던 걸 보면 꽤 넓은 곡창지대지 싶다. 언덕을 넘으면 넓은 들을 둘러싼 마을이 부챗살처럼 퍼져 있는데,

맨 앞줄에 수문장처럼 서 있는 게 우리 집이다.

사람들은 우리 집을 '방간집'이라고 했다. 정미소를 했기에 그랬겠지만 간혹 불러 주는 '기와집'이 나는 더 듣기 좋았다.

그 집은 할아버지 때부터 살았는데 안채는 내가 중학생 무렵 새로 지었다. 아버지는 인근에서 이름난 목수를 불러 함께 설계하셨다. 외벽은 타일을 붙이고 안쪽은 철근을 넣은 기와집인데, 철근은 혹시라도 후손들이 필요할 때 쉽게 한 층을 더 얹기 위함이라고 했다.

사랑채에는 넓은 마루를 차양처럼 가려주는 청포도 넝쿨과 빨간 벽돌로 쌓은 굴뚝이 전망대처럼 서 있었다. 그 마루에서 하던 숙제와 공기놀이 그리고 속살이 비치는 포도알을 잊을 수 없다는 친구들의 추억담이 이어지는 걸 보면 어릴 적 우리들의 비밀 공간이었지 싶다.

바깥마당을 감싸고 도랑물이 흘렀다. 마당 안쪽에는 우물, 가장자리에는 빨래터가 있어 어둑해질 때까지 이어지는 동네 아주머니들의 수다는 드라마보다 더 재미있었다. 바깥마당은 엄마 따라온 아이들의 놀이터가 되어 주변은 늘 사람 소리로 넘쳐났다.

도랑을 끼고 도는 샛길은 여러 마을을 이어 주는 한길과 같았다. 달구지도 가고 경운기도 가고 장날 저녁이면 술 취한 어른들의 비틀거리는 노랫소리도 지나가는 샛길. 그 통학길은 자전거 안장에서 엉덩이를 들고 넘겨보았다는 남학생들에게 추억의 길이었지 싶다. 답장도 못 받은 편지를 수십 번 보내는가 하면, 우리 집 벼베기 봉사활동을 왔을 때 일부러 손을 다쳐 집에 약을 바르러 왔다는 아이. 그 남자는 지금도 나를 그리워하고 있을까.

대문은 부엌과 마주 보고 있어서 부엌에 계신 어머니와 제일 먼저 눈맞춤 하는 곳이었다.

"씩 웃으며 대문간에 들어서는데 입매가 얼마나 선하던지…."

그날 맞선 보러 온 총각을 어머니가 처음 만난 곳도 부엌이었다. 직선거리가 긴 탓이었을까. 하얀 이를 드러내며 대문에 들어서던 총각. 그 남자가 내 남편이 되는 데도 어머니가 부엌에서 보았기에 더 후한 점수를 주었지 싶다.

나는 형제 중 어머니를 가장 많이 도와드렸다.

빛 좋은 가을이면 방문을 모두 떼어 마당 귀퉁이에

세웠다. 문살을 깨끗이 씻고 풀칠한 후 맞잡은 창호지를 적당한 위치에 올리면 어머니는 한입 가득 머금은 물을 힘차게 내뿜었다. 내려놓지 못한 고단함일까. 분수처럼 퍼지는 물줄기, 종이는 긴장한 듯 팽팽해졌다. 곁에서 보시던 아버지가 들고 있던 코스모스를 손잡이 근처에 올리면 어머니는 풀칠한 종이를 그 위에 덧발랐다. 압화였다.

하얀 창호지 속에서 한 송이 코스모스가 피어나는 저녁, 분통 같은 방에서 길게 허리를 펴던 어머니와 나. 그날 밤 우리 가족의 행복은 배가 되었다.

그런 집이 겨울나무에 걸터앉은 빈 까치둥지처럼 된 지 오래다. 어머니 가신 후 혼자서 십 년이나 견뎠지만 들어갈 자식이 없으니 처분할 수밖에.

전화를 받고 며칠 지난 후였다. 시댁에 가려고 집을 나서는데 딸아이가 부탁이 있다고 했다. 가는 길에 외갓집 사진 한 장만 찍어 오라는 것이었다.

빈집이 보기 싫어 늘 에돌아 다니곤 했는데, 못 이긴 척 방향을 틀었다.

그토록 다망하던 그림자도, 왁자지껄한 소리도 모두

사라진 집. 잠긴 대문 사이로 휴대폰을 밀어 넣었다. 손이 후들거렸다.

"찰칵."

내 목도 꿈틀했다.

그러고 나서 두어 달이 지났나 보다. 고향에 다녀왔다며 초등학교 동창에게서 전화가 왔다.

"야야, 너거 집, 누가 살라꼬? 다 뿌숫대."

친한 친구의 부음을 받아도 그럴까. 내 유년기와 소년기 그리고 우리 가족의 지난 흔적이 송두리째 쓸려 간 것 같았다.

휴대폰 갤러리를 열었다. 이제 남의 집이 된 우리 집. 한 장의 사진이 어머니 영정사진처럼 쓸쓸하다.

어머니의 뒷모습

아침에 일어나니 온몸이 뻐근했다. 식구들이 나가자 설거지도 미룬 채 목욕 도구를 챙겼다. 유난히 대중목욕탕을 꺼리던 내가 차츰 즐기게 되는 것은 피할 수 없는 나이 때문이리라.

사우나실에서 땀을 빼고 나오자 정신이 몽롱했다. 멍하니 앉아 거울 속 모습을 보고 있는데 입구 쪽에 계시던 할머니가 허리를 굽힌 채 다가오셨다.

"나, 등 좀 밀어 줄래요?"

할머니는 미안한 눈빛으로 해진 때밀이 타월을 내미셨다. 나는 기다린 듯 일어났다. 등에 비누질을 했다. 가녀린 몸, 어깨 위에 듬성듬성 남은 부항 자국을 보자 몇 해 전 세상을 떠난 친정어머니가 생각났다.

시골에 혼자 살던 어머니는 서울 생활을 무척 불편해하셨기에 어쩌다 특별한 일이 있을 때만 잠깐씩 다녀가셨다. 그것도 어린 손자들이 있는 막내네로 가서서 나는 거기서 뵙는 것으로 그쳤다.

그러던 중 어머니는 시골집에서 쓰러지고 말았다. 심근경색증이라고 했다. 남동생이 부랴부랴 대구로 모셨지만 거기도 답답했던지 모처럼 우리 집까지 마음을 내셨다.

나는 웬만한 외출은 접고 어머니와 함께 보냈다. 몇 번씩 들었던 얘기도 처음인 양 귀 기울이고, 식단도 어머니 입맛에 맞추었다. 가시기 전날은 내 손으로 목욕도 시켜 드리고 싶었다.

먼저 뜨거운 물을 충분히 틀어 탕 안을 데웠다. 혹시라도 심장에 충격이 갈까 봐 갓난아기 목욕시키듯 물 온도에 신경을 썼다.

망설이는 어머니를 눈치 채고 내가 먼저 옷을 훌렁 벗었다. 어머니도 천천히 따라하셨다. 조심스레 욕조에 앉히고 어깨부터 물을 적셨다. 무릎은 군데군데 뜸 자국이고 살갗은 홍시를 만지는 듯했다. 나는 가슴을 쳐보기도 하고 젖꼭지를 만지며 장난도 걸었다. 그럴 적마다 자꾸만 몸을 움츠리는 어머니. 문득 어릴 적 어머니가 씻겨주던 목욕 장면이 떠올랐다.

설날을 앞둔 어머니는 무척 분주하셨다. 며칠 전부터 음식 준비로 동동걸음이었지만 빠트릴 수 없는 것이 우리들 목욕이었다. 장작불 지핀 가마솥에 물이 끓으면 안방으로 퍼 날랐다. 큰 고무통에 담긴 물 온도가 적당해지면 언제나 1번은 남동생이었다.

"앗, 뜨거!"

몇 번 소리치며 팔을 휘젓다 보면 물은 금세 방바닥으로 넘쳐 흘렀다. 어머니는 씻기고 우리는 구경하고, 텔레비전도 없던 시절이었으니 그보다 더 재미있는 볼거리가 있었을까.

때가 둥둥 떠다닐 즈음, 마지막 순서는 목과 겨드랑이였다. 동생은 움츠리고 어머니는 펴고. 실랑이는 몇 차례나 계속되었다.

"아이구! 저기 뭐고?"

천장을 향해 어머니가 고개를 젖히면 동생도 울음을

그치고 쳐다보았다. 잽싼 손놀림. 어머니 손은 어느새 턱 밑을 밀고 있었다. 동생은 속지만 어머니는 언제나 성공이었다. 비누질로 마무리한 후 새 물을 한 바가지 끼얹으면 1번은 끝났다.

2번은 내 차례. 항상 순서는 그대로였는데 구경할 때와는 달랐다. 특히 목과 겨드랑이는 눈물이 날 정도였다. 아들에게 쓰던 작전을 딸들에게는 시도조차 안 했다. 어디 그뿐인가. 피하다가 조금이라도 물이 밖으로 튀면 금세 손바닥이 날아왔다. 어르던 아들과 달리 딸들에게는 우격다짐이었다.

목욕이 끝나면 새 옷을 꺼내 주셨다. 지난 장날 사둔 엑스란 내의였다. 거울 앞에 서서 코를 벌름거리며 맡던 새 옷 냄새. 그날 밤 우리는 이불 속을 나비처럼 드나들었다.

이제 그런 어머니와 역할을 바꾸었다. 잎 떨군 겨울나무처럼 앙상한 어머니. 그 흔한 목욕탕이나 찜질방 한 번 모시고 간 기억 없는 딸자식이 이제 와서 눈물을 흘린들 무슨 소용이 있을까. 예전의 어머니는 고사하고 이대로의 모습이라도 뵐 날이 얼마나 남았을지.

겨드랑이를 문지르던 거친 손, 몇 대라도 좋으니 내 등을 두드릴 기운이 있어 준다면….

밖으로 나와 물기를 닦았다. 빗질을 하는데 자꾸만 무엇이 목젖을 치밀고 올라왔다. 우리에게 새 내의를 입히고 거울 앞에 세우던 어머니. 이제 와서 배역을 바꾸기엔 너무 많은 세월이 지나간 것 같았다.

야윈 등을 맡긴 채 고개를 떨구시던 할머니가 천천히 입을 열었다.

"세상에~ 어쩜 이리 시원할까."

"혼자 오셨나 봐요?"

물어 뭐할까마는 잠시나마 할머니는 내 어머니가 되었다.

바구니를 챙겨 천천히 걸어가는 모습이 어머니의 뒷모습으로 바뀌고 있었다.

그대 어머님도 나처럼 우셨을까

아들 상견례를 했다. 큰아이인 데다 겨우 스물여덟밖에 안 돼 마음의 준비를 못한 때였다. 게다가 석 달도 채안 남은 날을 받고 보니 마음이 바빠졌다.

그런데 참 이상했다. 밑으로 딸아이가 있어서인지 자꾸만 사부인 마음이 헤아려졌다. 전자제품 하나를 고르면서도 이부자리를 구경하면서도 울컥할 사부인을 생각하니 내가 죄인이 되는 것 같았다.

그런 나에게 가까운 선배가 물었다.

"아들 장가 보내는 기분 어때? 난 눈물 나서 혼났어."

"왜요? 데리고 오는데 울긴 왜 울어요."

도무지 이해가 되지 않았다. 보내는 딸 엄마도 있는

데 데리고 오는 아들 엄마가 왜 눈물이 난다는 건지. 예식장에서 사위에게 딸을 넘겨주는 친정아버지의 축축한 눈자위를 본 적도 없는지? 그럴 적마다 나는 내 딸과의 이별을 지레 겪으며 목젖이 꿈틀대곤 했으니까.

고맙게도 사부인은 잘 견디는 것 같았다. 하객을 맞는 모습도, 아이들이 나란히 절을 올릴 때도 그저 환한 미소를 보여 주셨다.

여행 떠난 아이들이 돌아왔다. 주방에 들어온 며느리가 어머니! 어머니! 하고 따라다녔다. 예쁘고 사랑스러웠다. 그동안 사부인한테 미안하던 마음은 어디로 가고 확실한 우리 가족이 생겼다는 생각에 흐뭇하기만 했다.

아침 식사를 마치자 아이들이 짐을 챙겼다. 내일부터 출근해야 하기에 나도 서둘렀다. 아들은 제 옷을 모두 꺼내고 서랍을 뒤져 소지품도 옮겨 담았다.

"이런 건 진작 싸두지."

지켜보던 내가 마음에도 없는 짜증을 부렸다. 이상하게 옷가지 몇 개쯤 빼앗아 두고 싶었다.

아파트 마당에 내려놓은 짐이 이삿짐처럼 수북했다.

"안녕히 계세요."

둘이서 인사를 하고 차에 올랐다. 나란히 앉은 모습이 보기 좋았다. 운전석에 앉은 아들이 창문을 내리고 고개를 한 번 더 끄덕였다.

"그래, 조심해서 가거라."

차 안을 들여다보며 남편이 말했다. 나는 손만 흔들었다. 좀 웃어 주려 해도 자꾸만 얼굴 근육이 떨렸다. 막 포기 나눔을 마친 화초, 제발 뿌리내림이 잘 되어 탐스런 꽃을 피우기만을 바라면서….

엘리베이터를 탔다. 갑자기 설움이 봇물처럼 터졌다. 현관문을 열자 소파에 앉아 계신 시어머님과 눈이 마주쳤다. 주방으로 들어갔다. 눈물 콧물이 쏟아지고 다리마저 후들거려 서 있을 수가 없었다. 싣고 가는 짐만큼 삶의 무게를 감당해야 할 아들. 제대로 된 호강 한 번 못 시켜 줬는데 갑자기 어른이 되어 버렸다. 어린 것이 겪을 가장의 무게와 내 품을 완전히 떠나갔다는 서운함이 자맥질을 해댔다.

얼마나 울었을까, 밖이 조용했다. 축축한 앞치마로 눈자위를 누르며 천천히 거실로 나왔다.

그해도 겨울 이맘때였다. 신혼여행에서 돌아온 우리도

시댁에서 하루를 묵고 이렇게 집을 나섰다. 인사를 드리자 시어머님은 고개만 끄덕이셨다. 형님 내외는 대문까지 따라왔지만 어머님은 마루 끝에서 기둥만 잡고 서 계셨다.

어머님 곁으로 갔다.

"서운키야 말할 수 없제. 그래도 너거는 집이라도 장만해 줬으이."

흐려지는 말끝이 당신을 위로하는 듯했다. 기둥을 잡고 마당까지도 못 내려오시던 내 나이만 한 스물여덟 해 전의 배웅. 그날 어머님 소매 끝은 얼마나 더 축축했을까.

졸업도 못 시킨 세 아들을 위해 지문이 닳도록 일만 하신 어머님은 내 아들보다 더 어린 아들을 어른으로 만들었다. 게다가 곁에는 아버님마저 안 계셨으니 이런 내 눈물이 사치로 보일지 모른다.

우리는 손을 맞잡고 울었다.

얼마나 지났을까. 휴대폰이 울렸다.

'엄마, 저희 잘 도착했어요. 안녕히 주무세요.'

아들의 짧은 문자 메시지. 잠긴 내 목소리를 들키지 않아 다행이었다.

어머님의 쌈짓돈

사 남매를 두신 시어머님은 막내아들이 6학년 때 혼자 되었다. 만만치 않은 학비와 떠안게 된 빚은 눈물 흘릴 여유도 없었다. 새벽별 보고 나가 컴컴해야 들어오는 흙과의 싸움으로 재산을 늘려 놓았으니 여장부라 해도 지나친 말이 아니다.

그런 어른이 큰며느리를 얻자 바로 곳간 열쇠를 넘겨 주었다. 게다가 한 푼이라도 생기면 살림에 보태라고 내 놓으셨다니 주머니는 비어 있었다. 우리가 용돈이라고 조금 드리면 숟가락 하나 못해 줬는데 이걸 받아 되겠느냐 하시다가도 누가 볼세라 얼른 주머니를 여미곤 하셨다. 나는 그런 어머님의 둘째 며느리다.

큰아이가 다섯 살 무렵일까. 명절을 앞두고 시댁에 갔다. 늦은 시간까지 이야기를 나누다가 막 잠이 들려는데, 주무시는 것 같던 어머님이 내 옆구리를 찔렀다. 내가 기척을 하자 얼른 일어나셨다. 그리고 잠든 사람들을 확인하더니 주머니에서 뭔가를 꺼내셨다.

부스럭거리는 소리와 함께 달빛에 보이는 건 주먹만 한 덩어리였다. 나도 소리를 낮추고 간첩 접선하듯 이마를 맞대고 앉았다. 어머님은 몇 겹이나 싼 비닐을 벗기더니 얼른 내 손에 쥐어 주셨다. 눅눅했다.

"이게 뭐예요?"

"세리 보래."

어머님은 검지손가락을 입술에 대며 어서 헤아려 보라고만 하셨다.

나는 비닐을 벗겼다. 그리고 소리 대신 한 장 한 장에 힘을 주었다. 배추 잎이 서른 장쯤 되는 것 같았다.

"그런데 어무이, 이걸 어디다 두셨어요?"

"둘 데가 없어 단지 밑에 안 됐나. 이건 너 시누도 모르니 아무한테도 얘기하지 마래이."

딸도 모른다는 비자금. 가슴이 먹먹했다. 언제 닥칠지

모르는 일이기에 며느리라도 알고 있으라는 귀띔일까. 아니면 마지막을 부탁하는 간절한 바람일까. 어머님은 다시 원래대로 싼 후 밖으로 들고 가셨다.

몇 년이 지난 여름이었다. 갑자기 손윗동서한테서 전화가 왔다. 어머님이 입원을 하셨다는 것이다. 우리 내외는 급히 대구로 내려갔다. 일흔이 넘도록 병원이라곤 몰랐는데, 곧 무슨 일이 닥칠 것 같았다. 아침에 수저를 드는데 손이 떨리고 말이 어눌해 부랴부랴 병원을 찾았지만, 검사 결과 큰 이상은 없으니 며칠간 약물치료로 지켜보자고 했다. 다행이었다.

침대 곁에서 이런저런 얘기를 나누고 있을 때였다. 식구들이 안 보이자 갑자기 어머님이 내 손을 당기셨다.

"이미야, 내가 그걸 가져왔는데, 주머이가 없어서…."

속옷 고무줄로 불룩하게 말아 올린 뭉치는 금방 짐작할 수 있었다. 나는 어색함을 웃음으로 가렸지만, 그 와중에도 챙겨 오신 정신력에 한편으론 마음이 놓였다.

잠시 궁리하던 나는 핸드백을 뒤졌다. 안경 닦는 수건이 보였다. 실과 바늘도 있었다. 나는 병실 구석에 돌아앉아 어머님의 속옷에 주머니를 만들었다.

"이만하면 되겠어요?"

초조하게 지켜보던 어머님은 손을 넣어 보더니 깊어서 좋다고 흐뭇해하셨다. 그 작업 이후 우리는 공범 아닌 공범이 되었다. 아니, 나를 확실한 자금관리자로 인정하시는 것 같았다.

어머님이 퇴원하신 어느 날이었다.

"내가 앞으로 살만 얼매나 살겠노? 손자들 등록금 하라꼬 한 집에 한 장씩 줬으이 너 몫도 가져가그라. 난 인제 돈도 필요 없다."

한 장 한 장 다림질한 것 같았다. 처음엔 극구 사양했지만 이쯤에서 주머니를 비워 드리는 게 더 편안하실 것 같아 고맙게 받아 두었다.

계시라도 받으신 걸까. 그 후 어머님 건강이 많이 나빠졌다. 우리는 궁리 끝에 근처 요양원으로 거처를 옮겨 드렸다. 거동이 불편해서서 그렇지 정신이 맑아, 자식 입장은 찾아뵙는 것도 면목이 없었다.

얼마 후 면회를 갔다. 우리는 모시고 나가 입에 맞는 것도 사 드리고 어머님이 마지막 들르고 싶어 하실 곳으로 바람을 쐬어 드리기로 했다.

옷을 갈아입은 어머님은 다리를 끌고 침대 옆 수납장 쪽으로 가셨다. 그리고 뭔가 찾는 듯하더니 갑자기 수납장을 기울여 시커먼 비닐봉지 하나를 주머니로 옮기셨다. 순식간이었다. 우리는 서로의 눈웃음만으로도 무엇인지 짐작할 수 있었다.

이른 봄 들녘은 생기가 가득했다. 평소 좋아하던 육회로 점심 식사를 하신 후, 군위 법주사로 갔다. 그 절은 외조모님께서 자식을 갖기 위해 수년 간 지성으로 기도드린 절이라, 어머님은 고개를 넘을 때마다 옛 기억을 더듬어 추억을 떠올리셨다.

법당 앞에 차를 세웠다. 겨우 법당 문턱을 넘은 어머님은 앉아서 삼배를 드렸다. 다시 뵐 수 없는 이승의 마지막 기도는 밖으로 나와 법당 주변을 한동안 바라보실 때도 한결같았다. 마치 곳곳에 하직 인사를 드리는 것처럼….

광경을 보신 스님께서 방으로 안내하셨다. 어머님께서는 그간의 인연에 대해 말씀하시더니 주머니에서 그 봉지를 꺼내셨다. 그리고 그것을 봉지째 스님 손에 쥐어드렸다.

"내가 불 켜서 태어난 이 절도 인제 마지막입니더."

깜짝 놀란 우리도 얼른 표정을 바꾸어 말을 거들었다.

단지 밑에서 병원으로, 그리고 최후에는 부처님 품 안으로 이동한 금고. 그것은 모든 걸 비워 내는 생의 청결한 의식이 아닐까.

평생을 관리해 온 어머님의 마지막 금고는 저승길을 편안하게 지켜 주었지 싶다.

아버지의 낚시터

오랜만에 친정에 갔다. 모처럼 연휴 덕분에 이틀이나 묵을 수 있어서 마음이 편안했다. 입시 공부하느라 몇 년 만에 따라간 아들도 기분이 들떴는지 새벽부터 제 아빠를 깨웠다. 낚시 하러 가자는 것이다.

나도 벌떡 일어났다. 그리고 어머니께 아버지가 쓰시던 낚싯대가 아직 있냐고 여쭤 보았다. 한참을 생각하던 어머니는 다락 위로 올라가더니 세월을 이고 앉은 가방 하나를 찾아 주셨다.

빛바랜 가방. 나는 조심스레 받아들었다. 먼지를 털어 내고 걸레로 닦은 다음 지퍼를 열었다.

스무 해를 훌쩍 넘긴 아버지의 묵은 체취가 한순간에

쏟아졌다. 부러진 찌, 녹슨 바늘, 가지런히 접혀 있는 걸 레까지. 고여 있던 그리움이 세월을 거슬러 가슴 한편을 묵직하게 누르는 것 같았다.

친정집에서 마을 안쪽으로 한 오 리쯤 걸어가면 저수 지가 하나 있다. 그곳은 경치도 일품이지만 "볶은콩 한 되를 먹으며 돌았더니 콩이 모자라더라"는 동네 어른들 말씀대로 무척이나 넓은 저수지다. 가뭄이 아무리 심해 도 마르지 않고 큰비가 내려도 넘친 적이 없다는 걸 보 면 그야말로 마을의 보배지 싶다.

게다가 낚시까지 잘된다는 소문이 나서 주말이면 근사 한 장비를 든 강태공들의 행렬이 조용한 마을을 뒤흔들 곤 했다. 아버지는 그들에게 늘 반가운 얼굴로 먼저 인 사를 건넸다. 또 잡은 고기를 보면서 과장된 찬사도 잊 지 않으셨다.

여고를 졸업한 그해 봄이었던가. 나는 모아 둔 용돈을 들고 동네 언니를 따라 대구의 유명한 서문시장에 갔다. 늘 벼르던 것을 사고 싶어서였다. 시장을 한 바퀴 돌아 나오는데 내가 찾던 가게가 눈에 띄었다. 안으로 들어갔 다. 혹시 낚시 가방이 있냐고 물었다.

여자애가 그런 걸 찾으니 의아했는지 머뭇거리던 아저씨는 가방을 두어 개 보여 주었다. 나는 아버지가 좋아하시는 파란 체크무늬를 골랐다. 입고 싶은 옷을 샀을 때보다 더 기분이 좋았다.

집에 오자마자 아버지 앞에 가방을 펼쳐 놓았다.

"니꺼나 사제 이런 건 뭘할라꼬?"

겸연쩍은 듯 고개를 돌리던 아버지는 이내 광으로 가셔서 낚시 보따리를 들고 나오셨다. 비료 포대에 담긴 꾸러미였다. 아버지는 그것을 모두 꺼낸 다음 깨끗이 닦아 가방으로 옮기셨다. 큰 칸에는 낚싯대, 작은 칸에는 깡통 속 자질구레한 것들이 차례로 들어갔다. 모처럼 새 집을 장만하여 아이들에게 제 방 하나씩을 꾸며 주듯이.

그날 이후 아버지의 떡밥 주문은 더 잦아졌다. 볶은 보리쌀과 찐 고구마를 섞어 쇠절구에 빻는 소리는 일주일이 멀다 하고 담을 넘어갔다. 내가 다 된 떡밥을 비닐봉지에 담으면 아버지는 얼른 받아 지퍼를 채웠다. 제발 일찍 오시라는 어머니의 부탁은 한결같았지만 월척에 부푼 아버지 귀에 들리기나 했을까?

한낮의 해는 사랑채 지붕까지 왔는데도 아버지는 기척

이 없었다. 고개를 빼고 저수지 쪽을 몇 번이고 바라보던 어머니는 하는 수 없이 점심을 챙겨 주셨다. 더운 날 물가에서 허기지면 큰일난다고.

나는 자전거에 밥을 싣고 부리나케 저수지로 향했다. 어서 가서 아버지 시장기를 채워 드리고 싶은 마음과, 도중에 만날 낭패감을 생각하면 잠시도 페달을 멈출 수 없었다.

둑 위에 올라섰다. 물기를 머금은 바람이 한꺼번에 몰려왔다. 나는 흐르는 땀을 손등으로 문지르며 저수지를 한 바퀴 훑었다.

멀리 대각선 끝으로 '자라목'이 보였다. 저수지에 몸을 담근 산자락이 자라의 목처럼 생겨 자라목이라고 부르는데, 그 자리에 희끗한 물체가 보이면 틀림없는 우리 아버지였다. 밀짚모자와 빛바랜 흰 와이셔츠는 아버지의 유니폼이었으니까.

가방을 멘 아들은 신이 나서 앞장서고 딸아이는 양동이를 흔들며 걸어갔다. 덜컹거리던 사잇길은 직선으로 깔끔하게 포장해 놓았지만, 바다 같던 저수지는 내 품에 들어올 만큼 초췌했다.

나는 식구들을 자라목으로 안내했다. 난간을 잡고 핀 도라지꽃 몇 송이가 인기척에 고개를 내밀었다. 군데군데 강태공들이 다녀간 흔적은 보였지만 아버지가 앉았던 자리는 그저 쓸쓸함뿐이었다.

어린 붕어 몇 마리를 잡아놓고 멋쩍은 표정을 지으시던 아버지, 자전거에 싣고 간 늦은 점심을 언제나 내 입에 먼저 넣어 주시던 아버지, 나만은 꼭 짝지어 놓고 가실 거라고 입버릇처럼 말씀하시던 아버지는 그 바람도, 부족한 장비도 채워 드리기 전에 저세상으로 가시고 말았다.

"야, 걸렸다!"

갑자기 아들아이가 환호성을 질렀다. 번쩍 들어올린 낚싯대 끝에 작은 피라미 한 마리가 온몸을 흔들었다. 아버지의 손맛도 이 맛이었을까.

길게 엎드린 둑. 그 위에서 눈을 비비며 바라보던 자라목은 그대로 있는데, 아버지의 잔영은 물속으로 가라앉았다.

그녀를 다시 만난다면

해외 출장이 잦은 딸아이가 이번에도 함께 가자는 제안을 했다. 결혼하면 시간이 없거니와 이만큼 긴 출장이 드물다는 것이다. 경비도 만만찮지만 20여 일을 혼자 지낼 사람이 마음에 걸리는데, 기회 있을 때 다녀오라며 남편이 등을 떠밀었다.

호놀룰루 공항에 내렸다. 한국은 연일 강추위가 이어지건만 반팔 차림의 행인들이 가벼워 보였다. 입국장을 빠져나와 예약한 렌터카를 가지러 갔다.

아이가 시동을 켰다. 우리가 묵을 카폴레이까지는 40분 정도 걸릴 거라고 했다.

"엄마, 하늘 좀 봐요. 내가 엄마한테 이 하늘을 얼마나 보여 주고 싶었는데."

창밖으로 고개를 내민 아이 표정이 햇살보다 더 환했다. 둘만의 여행. 남은 날들이 설레기 시작했다.

"여기다! 맞는 것 같아."

좁은 길을 몇 번이나 굽이돌아 에어비앤비를 통해 예약했다는 숙소를 그제야 찾은 모양이었다. 내 오른발에도 힘이 풀렸다.

차가 멈추었다. 우람한 야자수로 둘러싸인, 정원이 아름다운 집이었다. 소리가 들렸는지 아주머니가 2층에서 양팔을 흔들며 내려왔다. 오뚝한 코, 갈색 눈동자에 진한 화장, 굵은 주름이 나보다 좀 많은 것 같았지만 긴 드레스를 입은 늘씬한 몸매는 막 꽃대를 밀어올린 수선화 같았다.

그녀는 들고 있던 목걸이를 아이 목에 걸어 주고 진한 포옹을 했다. 하와이 특유의 인사법은 나에게도 마찬가지였다. 목소리가 크고 말이 많은 걸 보아 쾌활한 성격임을 알 수 있었다.

아주머니는 정원을 가로질러 우리를 방으로 안내했다. 세월의 흔적을 머금은 가구들이 중후하고 우아했다. 세탁기, 건조기 등의 사용법을 설명하던 그녀는 간간이 나에게도 눈길을 주었다. 그동안은 주로 친구나 연인들이 묵어 갔는데 모녀가 온다고 해서 몹시 부러웠다는 말, 포장을 뜯지 않은 전기밥솥도 우리를 위해 준비했다는 말을 원고 읽듯 쏟아냈다. 아이도 덩달아 말이 많았다. 하지만 나는 흔한 "땡큐"도 한 번 못하고 웃어 주기만 했다.

다음 날 딸이 출근을 했다. 텔레비전도 컴퓨터도 없는 낯선 방에 말도 통하지 않은 어미를 혼자 두고 가자니 걸음이 켕기는지 몇 번이나 주의를 주었다. 내가 동네를 한번 둘러보겠다고 하자 불안해서 안 된다며 꼭 방 안에만 있으라고 신신당부했다.

창밖에는 새들의 날갯짓과 노랫소리가 쉴 새 없이 들려왔다. 창문을 열어 보았다. 바람이 상큼했다. 좀 나와 보라는 신호일까. 햇살을 등진 아주머니가 우리 방 앞 잔디 위에서 무엇을 만지고 있었다. 나는 커튼 뒤에 숨어 그녀의 뒷모습을 바라만 보고 있었다. 긴 머리가 아름다웠다. 다가가 웃기라도 할까 했지만, 내 영어 실력이 들통날까 두려웠다.

저녁때가 되자 아이가 돌아왔다.

"엄마, 이게 뭐예요?"

문 앞에 놓였다면서 종이 봉지를 펼쳐 보였다. 노랗게 익은 파파야 두 개와 메모지였다. 얌전한 글씨와 귀여운 그림말. 쑥스러운 표정이 훤히 보였다.

"집에서 딴 거니 먹어 보라네요."

혼자 있는 나에게 말을 붙이러 왔다가 빈 마음으로 돌아섰을 그녀를 생각하니 미안하기만 했다. 비슷한 또래라 말만 통하면 한 달이 모자랄 텐데….

이튿날 아침이었다. 외출 준비를 하고 주차장으로 가는데 기다린 듯 달려나온 그녀는 또 대화를 멈출 줄 몰랐다. 파파야 이야기와 근처 갈 만한 장소, 게다가 식당까지 추천해 줬다지만 내 귀에는 호탕한 웃음소리밖에 들리지 않았다.

아이는 틈틈이 나를 데리고 나갔다. 와이키키 해변이나 하나우마베이의 스노클링 체험도 좋았지만, 패키지 여행에서 갈 수 없는 후미진 구석도 보여 주었다. 꼼짝 말라던 경고에서 풀려 혼자 산책도 나가고 지나는 차에 눈인사 정도는 보낼 즈음 여행은 끝나가고 있었다.

가방을 쌌다. 내 짐도 그렇지만 그동안 사용한 가재도

구며 부엌살림에 더 신경이 쓰였다. 처음 받은 목록이며 지침서 같은 것도 제자리에 두고 침대 주변도 처음처럼 깔끔히 정리했다. 다른 날 같으면 인기척만 들려도 달려 나오던 그녀였는데, 이른 작별 인사를 했다더니 보이지 않았다.

한국에 돌아오자 딸아이가 하와이 주인아주머니에게서 메일이 왔다고 했다. 지금까지 다녀간 사람 중 이렇게 깔끔한 손님은 처음 봤다며, 어머니가 한 게 아니냐는 찬사와 함께 내 안부도 물은 모양이다.

방 안에 숨어 눈길만 피해 다닌 코리안 우먼이 뒷마무리로 칭송을 받을 줄이야. 문화와 언어는 달라도 진솔한 마음은 같았을 텐데 숫기 없는 나는 소중한 기회를 놓치고 말았다. 간절한 표현은 손짓 발짓, 아니 눈으로도 할 수 있다지 않던가.

다시 그녀를 만난다면 햇살 가득한 잔디 위에서 따뜻한 커피잔을 들고 환하게 웃어 주고 싶다.

제5부

개함부 4조

6·4지방선거를 두어 달 앞둔 즈음, 개표사무원 모집 얘기를 들었다. 방송을 볼 때마다 그 현장이 궁금했는데 수당까지 있다니 솔깃했다. 지원 신청은 했지만 자격 요건이 까다로워 잊고 있었는데 합격 통보가 날아왔다.

그런데 하필이면 선거 전날이 아버님 기일이었다. 며칠을 망설였다. 하지만 제사는 저녁에 모시므로 다음 날 일찍 서두르면 될 것 같았다.

시댁에 가자마자 나는 무슨 상이라도 받는 것처럼 개표사무원임을 자랑스럽게 말했다. 가족들은 대단한 일을 맡았다며 다음 날 이른 출발을 도와주었다.

상주 톨게이트쯤 들어서자 선거사무소에서 보낸 문자

메시지가 쉴 새 없이 날아왔다. 불참하거나 지각하여 개표에 지장을 주면 절대 안 된다는 엄한 경고였다.

'왕복이라도 하겠구만. 아직 다섯 시간이나 남았는데.'

콧방귀를 뀌며 여유를 부리는데 수안보 교통 표지판이 보였다.

"점심은 어디서 먹지요?"

운전하던 시동생이 일찌감치 점심 걱정을 했다.

"여기서 먹고 갑시다. 시간도 많은데, 꿩 샤브샤브! 오늘 내가 한턱 쏠게요."

뒷자리에 앉은 내가 얼른 말을 받았다.

"어 참! 당신 오늘 돈 벌잖아."

거들어 주는 남편의 추임새에 내 어깨가 으쓱했다. 평소 수안보를 지날 때마다 꿩 샤브샤브 얘기를 꺼내던 남편과 모처럼 동행한 시동생 내외에게 이런 기회에 선심 한번 쓰고 싶었다. 마침 건너편에 '꿩요리 기능보유자의 집'이라고 쓴 산뜻한 간판이 보였다.

차를 세우고 들어가니 실내도 쾌적했다. 한복 입은 사장님이 메뉴판을 들고 우아한 걸음으로 다가왔다. 주문을 했다. 그런데 동작이 참으로 굼떴다. 손님도 없는데 한참 만에 음식이 나왔다. 게다가 들고 온 요리마다 자세히 설명을 덧붙이는데, 충청도 특유의 말씨까지 더하니 한나절로도 모자랄 지경이었다. 샤브샤브래서 끓는 물에 적셔 먹고 국수나 한 번 휘저으면 끝날 줄 알았는데, 꿩 키우는 법부터 아예 특강을 했다.

분위기가 괜찮은지 세 사람의 대화도 함께 무르익었다. 시계를 보았다. 그 많던 시간을 누가 훔쳐간 것 같았다.

"큰일났네, 시계 좀 봐요."

나는 얼른 수저를 놓고 카운터로 갔다. 오늘 받을 일당의 갑절이 나왔지만 그런 건 따질 처지도 아니었다.

동서가 재빨리 운전석에 앉았다.

"걱정 마세요 형님, 제가 최대한 빨리 달릴게요."

고속도로는 그런대로 빠지더니 서울에 들어서자 거북이걸음이었다. 집에 들러 멋지게 치장하려던 계획도 진작 무너졌다. 진땀과 단내가 바로 이런 거구나 싶었다.

개표장에 닿았다. 십 분 지각이었다. 입구에는 경찰들이 즐비했다. 서둘러 접수처로 갔다. 개표사무원 박명자. 간신히 이름표를 받아 목에 걸었다. 긴 한숨을 몰아쉬면서 천천히 체육관 안을 둘러보니 거의가 대학생이었다. 나는 오일장에 나온 촌닭처럼 구석에 앉았다. 한 시간의 사전 교육으로 어느 정도 개표 방법을 가늠하고 경찰관들의 보호를 받으며 구내식당에서 이른 저녁 식사를 했다.

투표 마감 시간이 가까워졌다. 가장자리 스탠드에는 참관인들이 둘러앉고 긴 테이블을 마주한 우리는 투표함을 기다렸다. 텔레비전에서 본 전경 그대로였다.

우리는 개함부 4조였다. 개함부란 투표함 이상 유무를 확인한 후 시장, 구청장, 교육감 등으로 용지를 분류하는 팀이었다.

이번 선거부터 처음 실시한 사전투표함이 먼저 들어왔다. 모두 숨을 죽이고 지켜보았다. 투표함 주변을 세심히 관찰하던 참관인들이 근엄한 표정으로 눈사인을 마치자, 검증을 알리듯 번쩍 들어올린 투표함을 테이블 위에 쏟아부었다. 우르르 팔을 뻗쳐 자기 앞으로 용지를 쓸어갔다. 노련한 손놀림이었다.

하지만 내 손은 느렸다. 용지를 펴는 일도 어색한 데다 누굴 찍었는지 보느라 더 그랬다. 내가 지지한 후보를 찍은 게 나오면 나를 지원해 준 것처럼 고마웠지만, 경쟁자에 기표한 건 야속한 생각과 함께 조바심을 주었다. 이 정부에 저항하는 심술일까, 칸마다 도장을 찍은 사람이 있었다. 또 엉뚱한 자리에 찍은 것도 있었는데, 그런 건 한글을 모르는 분의 답답한 심정을 보는 것 같아 안쓰럽기도 했다.

그런데 참 이상했다. 후보자 개인의 능력은 따지지 않고 대부분 소속 당에 따라 정답처럼 한쪽으로 기울었기 때문이다. 개표사무원이 아니었더라면 그런 민심의 속마음을 어찌 들여다볼 수 있었을까.

뒤섞인 일곱 가지 투표용지를 같은 색깔끼리 분류하는 게 예삿일이 아니었다. 처음인 데다 눈까지 침침하여 비슷한 색깔은 실수하기 십상이었다. 그나마 쉬운 일은 용지 그대로 넣은 것이었다. 반을 접고 또 접은 것이 있는가 하면, 쌈짓돈처럼 꼬깃꼬깃 접은 건 시간이 더 걸렸다. 용지 색깔을 분류하기 쉽도록 한다거나 투표함에 넣을 때 반 정도만 접는 것도 현장에서 일하지 않은 사람은 모르지 싶다.

"개함부! 정신 똑바로 차리세요. 속도만 낸다고 되는 거 아닙니다. 분류를 제대로 하세요. 그런 식으로 하면

등록이 늦어져 내일 아침까지도 못해요."

마이크 잡은 진행자가 큰 소리로 외쳤다. 나한테 그러는 것 같았다. 마음은 급한데 손은 더뎠다. 혹시라도 우리 조 나이 많은 아줌마 때문에 짜증났다는 뒷말이라도 들을까 봐 있는 힘을 다했다.

옆 사람들이 대충 모아만 주면 나는 고무줄로 가지런히 묶었다. 모서리가 맞는지, 접힌 부분은 없는지, 탁탁 두드려 확인한 후 깔끔하게 마무리하자 마지막 작업은 자연스레 내 차지가 되었다. 젊은이들은 도중에 휴대폰도 만지고 화장실을 다녀와도 나는 고개 한 번 들지 않았다.

"아줌마, 좀 쉬었다 하세요. 우리 조가 제일 빠른 것 같아요."

조원들의 따뜻한 말이 동지애처럼 느껴졌다. 그제야 나도 고개를 들고 허리를 세웠다. 몇 시간의 작업으로 우리는 동료가 되어 가고 있었다.

새벽 3시. 개함부가 제일 먼저 끝냈다. 수고했다는 인사말과 함께 진행요원들이 빵을 나누어 주었다. 일당처럼 받은 빵봉지를 들고 비틀거리며 계단을 내려와 택시에 앉았다.

후보자들의 현수막이 어둠을 가르는 차량 불빛에 더 또렷이 다가왔다. 여전히 웃고 있는 당당한 표정. 이긴 자에 대한 축하보다 진 자가 겪을 패배감은 내가 때린 것처럼 미안했다.

꿩 먹고 탄 아슬아슬한 곡예, 파김치가 된 내 몸도 후보자들만큼이나 지친 하루였다.

세 번째 이별

우리 집에 강아지 한 마리가 왔다. 틈만 나면 인터넷을 뒤져 강아지 사진을 들여다보던 아이들이 내가 집을 비운 사이 아빠를 조른 모양이었다.

털 빠짐 지수가 가장 낮고 직접 분양하는 집에서 샀으니 건강할 거라며 강아지를 안고 애원했다. 색깔이 희다거나 눈이라도 똘망똘망하면 좋으련만, 시커먼 털에다 긴 눈썹이 두 눈을 가려 보이지도 않았다. 게다가 턱밑의 지저분한 수염까지 귀여운 구석이라곤 없었지만 덥석 안아 준 게 허락한 셈이 되고 말았다. 한가하던 일손이 바빠졌지만 붙임성 좋은 녀석은 금세 식구들의 사랑을 독차지했다.

그런데 며칠 후, 밥도 먹지 않고 자꾸만 캑캑거렸다. 병원에 갔더니 폐렴이라고 했다. 하루 이틀이 지나도 차도가 없자 입원을 권했다. 매일 병원을 드나들던 아이는 갈수록 기운이 떨어진다며 눈물이 그렁거렸다. 예상 못한 일은 아니지만 너무 빨리 닥친 불행이었다.

한 달이 가까운 데도 살아날 기미는커녕 물도 먹지 않는다고 했다. 올 것이 온 것 같았다. 생각다 못한 나는 병원을 찾았다. 차트를 앞에 놓고 의사와 나는 번갈아 한숨만 쉬었다. 되지도 않을 걸 고생만 시키느니 편안하게 보내는 게 어떨까 싶어 조심스레 안락사를 물어보았다. 상태가 너무 나빠 말릴 수도 없다면서 그도 고개를 끄덕였다.

가족에겐 비밀로 하기로 했다. 서명을 하고 돌아서는 나에게 선생님은 한 번 보고 가겠느냐고 했지만, 편안하게 보내 달라는 말만 하고 냉정하게 돌아섰다. 다시는 이런 인연을 만들지 않겠노라고 몇 번이고 다짐하면서.

녀석을 포기한 후 한 달쯤 지나서였다. 동물병원에서 전화가 왔다. 강아지를 데려가라는 것이었다. 잘못 걸린 전화라고 끊으려다가 혹시나 하고 이름과 품종을 물었다. 그런데 틀림없는 우리 까미였다. 아이 정성에 감동하여 마음을 비우고 치료했더니 기적이 온 것 같다며 입원비도 받지 않겠다고 했다.

숱한 고생을 했을 텐데, 녀석은 제법 자라 있었다. 훈련은 고사하고 당분간 안정시키라는 당부에 녀석의 일상은 모든 게 자유였다. 얼씬도 하면 안 된다던 안방도 무단출입이고, 침대 위도 제 맘대로 오르내렸다.

돌이 지났다. 한꺼번에 병치레를 단단히 해서 그런지 아주 건강하고 똘똘해졌다. 마치 늦둥이를 보는 것 같았다.

그러던 어느 날, 식구들이 모두 외출하려고 현관문을 여는데 녀석이 벼르기라도 한 듯 줄행랑을 쳤다. 깜짝 놀라 쫓아갔지만 아파트 정문에서 놓치고 말았다. 네 식구는 외출도 포기하고 온 동네를 헤매고 다녔다. 전단지를 만들어 전봇대에 붙이고, 사진을 보여 주며 지나는 사람마다 물어보았지만 허사였다.

아침에 일어나니 밖에는 눈이 소복이 쌓였다. 남편은 망원경을 들고 발코니에 서서 동네 골목을 살피고, 아이들은 미끄러운 길을 또 찾아 나섰다. 나는 누가 데리고 가서 편안히 잘 있을 거라고 식구들에게 위안을 주다가, 스스로 나갔으니 어쩌면 잘 된 일이지 않느냐고 마음에도 없는 말로 단념을 시켰다.

사흘이 지났다. 남편과 아들은 한참 동안 컴퓨터 앞에 앉아 있었다.

"어, 까미다!"

갑자기 아들이 소리쳤다. 유기견동물보호센터 홈페이지에 들어간 모양이었다. 어제저녁에 들어왔다는 슈나우저 사진. 발견 장소가 우리 집에서 3킬로미터 정도 떨어진 곳, 사람을 잘 따른다는 것. 그런데 나이가 두 살 정도라는 것 말고는 까미였다.

전화로 위치를 확인하고 우리는 단걸음에 동두천으로 달렸다. 흥분을 가라앉히며 직원에게 녀석의 신상을 자세히 말했다. 그는 인터폰을 들고 ○○번 슈나우저 나오라고 했다. 마치 군대 면회소 같았다.

잠시 후 여직원에게 안겨 나온 녀석. 까미였다. 원래도 활발하여 기운이 넘치지만 해방감 때문인지 아무에게나 뛰어올랐다. 홍제사거리 근처에서 헤맨다는 주민의 신고로 데려왔는데, 한 달이 지나도 키우려는 사람이나 주인이 나타나지 않으면 안락사를 시킨다고 했다. 우리는 식구대로 안고 몸을 흔들며 고개를 굽실거렸다.

발정기가 되어 더 걱정했는데 녀석의 가출은 임신이 안 된 것만으로 용서가 되었다. 하마터면 당할 뻔했던 두 번의 안락사를 떠올리며 숨막히는 구출 작전에 온 식구가 뿌듯해했다.

하지만 그 기쁨도 오래가지 못했다. 지난해부터 시작한 내 기침이 멎지 않아 종합병원에 가서 검사를 했더니 집에 강아지를 키우느냐고 물었다. 고개를 끄덕이자 강아지를 키우는 한 이 병은 완치가 안 된다면서 어디로 보내라고 했다. 우리 가족은 또 한숨을 쉬었다.

데리고 산책을 나갔다. 녀석도 뭔가를 눈치챘는지 요즘 들어 풀이 죽어 있었다.

"아이구! 우리 이쁜이, 이름이 뭐야?"

마주 오던 아주머니는 녀석을 안고 흔들다가 나중에는 뽀뽀까지 했다. 사교성이 많아 키운 경험이 있는 품종인데, 어떻게 이름까지 같냐면서 한동안 내려놓을 줄 몰랐다.

"혹시 키울 생각이 있으세요?"

조심스런 물음에 그녀는 반색하며, 자기는 좋지만 어떻게 정을 떼겠느냐고 오히려 나를 걱정했다. 늘 혼자 있어 심심해하니까 좋아하는 분 있으면 주고 싶었다고 엉뚱한 핑계를 댔다. 그녀는 고마워서 입이 함박꽃만큼 벌어졌다.

"이렇게 예뻐하시는데 바로 데려가시죠 뭐."

머뭇거리다 보면 아주머니 마음이 변할 것 같아 내가 먼저 서둘렀다.

"주시기만 하면 저야 고맙지요."

내 생각이 바뀔까 봐 두려웠던지 그녀도 얼른 대답했다.

목욕을 시켰다.

"까미야, 엄마가 너무 아파서 너랑 같이 살 수가 없어."

짐을 챙기며 꼭 하고 싶은 말을 꺼내는데, 참았던 눈물이 한꺼번에 쏟아졌다.

"이웃이니까 종종 보러 오세요."

아주머니는 까미를 받으며 입을 다물지 못했다. 영문도 모른 채 낯선 집 안방으로 쑥 들어간 녀석을 놓고 나는 도망치듯 엘리베이터를 탔다.

사람이든 동물이든 이별은 언제나 슬프다는 사실을 뼈저리게 느끼면서 우리는 녀석과 세 번째 이별을 했다.

9회 말 만루 홈런

또 한 해가 간다. 아무리 숫자에 불과하다지만 나이를 의식하지 않고 사는 사람은 드물 것이다. 성형을 하고 몸매를 가꾸어 젊음을 되찾으려 하지만 세월 앞에 장사 없는 법.

나도 한때는 젊어 보이고 싶은 욕심이 없지 않았다. 남들은 결혼해도 한동안 아가씨라는 호칭이 따라다닌다는데, 나에겐 그런 행운마저 없어 그저 부러울 따름이었다.

결혼을 하자 곧 아기가 생긴 데다 얼굴마저 둥글넓적해 제 나이로만 봐줘도 감지덕지였다. 게다가 피부 손질은커녕 립스틱도 어쩌다 바를 정도였으니 누가 나를 어리게 봐주겠는가.

본전만으로도 그만이거니 하며 사는데, 아이가 학교에 들어가자 은근히 부아를 돋우는 사람들이 더러 있었다.

"희봉이가 막낸가 봐요?"

학부모 회의에 참석한 나에게 아이와 친한 친구 엄마라며 이렇게 말을 걸었다. 처음 만나 얘기하다 보면 사는 동네와 가족 관계 다음에 빼놓을 수 없는 게 나이이기 하지만, 생각해 보니 그 뜻이 아니었다. 늦은 나이에 결혼한 것도 아닌데 첫아이를 막내로 본다는 건 적어도 내 나이를 서너 살 정도 더 얹어 본 것이리라.

"아니요, 큰앤데요!"

큰애라는 말에 힘을 주는 내 대답이 황당했던지 다음에는 몇 년생이냐고 물었다. 나는 얼른 한 살을 뚝 잘라버렸다. 내 주민등록에는 출생신고가 한 해 늦게 올라있기 때문에 따져도 괜찮았다. 자기보다 훨씬 많을 줄알았던 그녀는 잠시 멈칫하다가 결혼을 일찍 한 모양이라며 슬며시 말꼬리를 내렸다.

그 후부터 나는 누구든지 나이를 물으면 항상 주민등록에 올린 출생연도를 말한다. 그러면 혼자 얼른 계산해보고는 생각보다 무척 어려 보인다고 고개를 갸우뚱하는 사람이 있다. 그러니 나보다 서너 살이나 적은 사람이 그냥 친구처럼 말을 놓아도 기분 나쁘지 않다. 나를 젊게 봐주니까.

그동안 잘못된 출생신고 때문에 불만이긴 했는데, 이렇게 좋은 처방으로 쓰일 줄이야. 훗날 이런 일로 마음 고생할 딸의 심정을 미리 예측하신 것 같아 어떤 유산보다 고마울 때가 많다.

하지만 그 방법도 소용없던 적이 있었다. 서른 중반을 넘긴 때였을까. 나보다 여섯 살 어린 동생이 아기를 데리고 우리 집에 다니러 왔기에 서울역까지 배웅을 갔다. 택시를 탔는데 앉자마자 뒷좌석에 앉은 우리 자매를 번갈아 보던 기사가 입을 열었다.

"외할머니신가 봐요?"

"예?"

기가 막힌 나는 거울 속의 눈을 쏘아보며 되물었다. 뚱딴지같은 질문이라 귀를 의심했지만 분명히 들은 건 '할머니'였다. 내리고 싶었다. 아무리 맨얼굴에다 집에서 입던 차림 그대로였다지만 초등학생 아이 엄마를 할머니로 본다는 건 너무하지 않은가.

내 안색을 눈치챘는지 아기를 안고 있어서 착각했다
며, 다정한 자매 모습이 무척 보기 좋다고 겸연쩍은 눈
웃음으로 상황을 얼버무렸다.

그러나 그 충격은 오랫동안 지워지지 않았다. 거울 앞
에 앉아 한참씩 얼굴을 들여다보기도 하고, 미용실에 들
러도 언제나 내 주문은 작은 얼굴과 좀 어려 보이는 스
타일이었다. 언제 또 공격할지 모를 할머니라는 호칭이
무서웠기 때문이다.

한번은 중요한 모임에 가기 위해 버스를 탔다. 원피스
를 입고 굽 높은 하이힐을 신어서 그런지 중심 잡기가 힘
들었다. 빈자리를 찾다가 앉아 있는 아주머니 곁에 가서
기대섰다. 환갑이 막 지났을 것 같은 아주머니는 고개를
들고 올려다보더니 갑자기 자리에서 벌떡 일어났다.

"어머나! 홑몸이 아니네."

아주머니는 내 배를 보며 어쩔 줄 몰라 했다.

"아니에요."

나는 얼른 아주머니의 팔을 잡고 눌러 앉혔다. 그리고
있는 힘을 다해 배를 들이밀었다.

쉰에 접어들자 점점 불어나는 배가 염려스럽긴 했지만

임부로 착각될 만큼 나온 줄은 몰랐다. 난처한 아주머니는 하도 젊어 보여서 그랬다며 얼른 말을 바꾸었다. 승객들은 창밖을 보고 있었지만 얼굴이 화끈거려 서 있을 수가 없었다.

나는 얼른 다음 정거장에서 내렸다. 그리고 쇼윈도에 비친 내 모습을 훔쳐보았다. 그런대로 괜찮았다. 배가 나와서 임산부가 아니라 임신을 할 수 있을 정도의 젊음. 어쩌면 그 말이 역전의 기회를 안겨 준 9회 말 만루 홈런인지도 모른다.

배를 밀고 당당하게 걸어가는 걸음. 스쳐가는 행인들의 눈빛에서도 그런 착각을 기대했다면 너무 솔직한 고백일까.

버스 안 그림 두 점

이른 새벽 집을 나섰다. 풀내음이 상쾌했다. 도시 하나를 옮겨 놓은 듯한 쾌적함은 신도시의 매력이다. 하지만 출근 시간 서울 길은 만만치 않다. 새로 생긴 M버스가 한 시간이면 서울역까지 닿지만, 띄엄띄엄 있는 데다 정원만 차면 문을 닫아 버려서다. 그러니 중요한 일이 있는 날은 여유 있게 나서지 않으면 큰 낭패를 본다.

정류장이 빈 걸 보니 방금 버스가 떠난 모양이었다. 다른 날 같으면 아직 잠자리에서 뭉그적대고 있었을 텐데 하루의 길이가 마음먹기에 따라 조절되는 것 같아 기분이 좋았다. 금세 길어지는 줄, 풋풋한 젊은이들이 일터를 향해 출발선에 모여들었다.

버스가 왔다. 빈자리 24석. 나는 자리에 앉아 뒤따르는 승객수를 헤아리고 있었다. 창밖의 긴 줄이 줄어들면서 좌석을 채워 갈 때쯤 한 여학생이 단말기 앞에 멈춰 섰다. 학생은 운전기사와 무슨 말인지 주고받더니 난처한 표정으로 다시 내려갔다. 가끔 보는 장면. 잔액 부족 같았다.

나는 창밖의 학생을 향해 손짓을 했다. 그는 잽싸게 버스에 올랐다.

지갑을 꺼냈다. 마침 천 원짜리 석 장이 보였다.

"이거면 되지?"

학생은 얼른 받아서 당당하게 요금함에 넣었다. 기사는 버튼을 눌렀고 학생은 잔돈을 꺼냈다. 정확한 계산법이었지만 아저씨 마음도 편치 않았으리라. 밖에는 아직 남은 사람이 많은데 버스는 냉정하게 문을 닫았다. 학생도 엉거주춤 내 곁에 앉았다.

차가 고속도로에 올랐지만 고맙다는 말을 놓친 탓인지 학생은 고개를 숙인 채 휴대폰만 만지작거리고 있었다.

"몇 학년이지?"

입장을 바꿔 봐도 마찬가지였을 내 어릴 적 모습 같아

내가 먼저 입을 열었다. 예원학교 1학년이라고 했다. 예술계 특수학교라 통학의 불편을 예상 못한 모양이었다. 집에서 거기까지 오는 데도 버스를 한 번 탔다니 마음이 짠했다.

"그렇게 탄 버스에서 내리면 어떡하니? 다음에는 만 원짜리 한 장을 가방 귀퉁이에 넣고 다니든지, 언니나 엄마들에게 도움을 청해도 괜찮아."

"그런데 만 원은 잔돈이 없어서 안 된대요."

학생은 조금 전 상황을 나직이 일러 주었다. 환승제도도 좋고 카드의 편리함도 알지만 만 원을 거슬러 줄 잔돈이 없다는 걸 나도 몰랐다. 이렇게 멀리서 다니는 친구가 주변에도 있는지, 언제쯤 이사를 왔는지 묻고 싶었지만 그까짓 도움으로 생색 내는 것 같아 그쯤에서 내가 먼저 눈을 감아 버렸다.

몇 해 전 장면이 겹쳐졌다. 울산에서 근무하는 남편 집에 갔다가 서울로 오기 위해 리무진 버스에 앉아 있을 때였다. 정류장에서 손님을 태운 후 막 출발하려는데 멀리서 할머니가 손을 흔들며 달려오셨다. 기차 시간을 맞춰야 하는 승객들이 대부분인데 버스는 할머니 앞으로 천천히 다가갔다.

"기사양반, 내가 어제 차비가 없어 그냥 탔는데 가서 애기하이소이."

할머니는 한쪽 발만 올린 채 얼른 요금함에 돈만 넣고 내려가셨다. 누구에게 애기하라는 건지 묻지도 않고 알려 주지도 않았다.

"예, 고맙습니데이."

기사는 얼른 문을 닫고 달음질쳤다. 그런 일로 기다리게 했다고 어느 누가 투덜대지도 않았다. 두 사람의 짧은 대화로 승객들은 머릿속에 아름다운 그림 한 점을 그리고 있었는지 모른다.

'며칠 전 할머니가 버스를 탔는데 돈이 없었을 것이다. 쩔쩔매는 할머니를 보고 기사는 나중에 달라며 그냥 태워 주었을 테고. 양심을 믿고 태워 준 기사와 외상 차비를 갚기 위해 일부러 나오신 할머니.'

세상은 점점 디지털화되어 가고 있다. 그때만 해도 양심에 맡길 수 있는 여유가 있었다면, 지금은 제도화된 틀에 구속되어 있다. 자식 같은 학생에게 이천오백 원의 아량을 베풀지 못하고 원칙에 따라야 하는 기사의 속마음을 어찌 모를까만. 하루에도 몇 번씩 같은 구간을 반복하며 비슷한 일로 실랑이를 해야 하는 그들이기에 단호한 선긋기는 꼭 필요한지 모른다.

버스는 한강을 건너 시내로 접어들었다. 한 차례 차 안이 술렁이면서 학생도 자리에서 일어났다.

"감사합니다."

"예, 잘 가요."

못다 한 배려 때문일까. 다른 승객들보다 더 정겨운 인사를 건넨 기사의 눈빛이 학생 뒤를 따라가고 있었다.

가끔 보는 버스 안 풍경. 삽화 같은 그림 두 점이 겹쳐진다.

반쪽짜리 사진

비가 내린다. 모처럼 얻은 한가한 시간, 전화선을 타고 온 친구의 목소리가 내 가슴에도 비를 뿌린다. 우두커니 앉아 떨어지는 빗방울을 바라보다가 묵은 사진첩을 펼쳤다. 영원히 반쪽이 된 사진 속의 선생님.

내가 선생님을 처음 뵌 건 중학교 2학년 때였다. 시골 여학교다 보니 중·고등 구분이 거의 없었다. 교장 선생님도 한 분이고 교무실도 같이 썼다. 선생님은 고등학교로 발령 받으신 것 같은데 우리 반 국어를 맡았다. 자그마한 키에 까무잡잡한 피부, 그리 잘생긴 외모는 아니어도 옷차림은 늘 단아하셨다.

수업 시작 전 5분 정도가 가장 재미있었다. 사춘기 여학

생들에게 배꼽 뺄 유머로 고삐를 풀어 주는가 하면, 진
도와 상관없는 인생 이야기도 들려주는데, 수업만 시작
하면 한순간에 시선을 집중시키는 마력은 어디에서 나
오는지. 그 무렵 자녀들이 초등학교에 다닌다고 들었으
니 우리보다 스무 살 정도는 많으셨지 싶다.

나는 그런 선생님을 좋아했다. 하지만 공부를 잘하는
것도 얼굴이 예쁜 것도 아니어서 쉽게 눈에 띌 리가 없
었다. 게다가 수줍음이 많고 뒷자리에 앉았으니 내 존재
를 알기나 하셨을까.

그런데도 국어 수업이 있는 날이면 다림질한 교복으로
바꿔 입고 거울을 몇 번씩 들여다보았다. 오늘은 어떤 넥
타이를 매고 오실까, 나에게 한 번쯤 눈이라도 맞춰 주
실까 하는 생각에 수업 내용도 귀에 들어오지 않았다.

소풍을 가거나 체육대회를 하는 날이면 선생님 인기는
하늘을 찔렀다. 지그시 눈을 감고 부르는 애조 섞인 노래,
꽹과리를 치며 추는 곱추춤에 우리는 환호성을 질렀다.

단체 레크리에이션이 끝나면 사진 촬영이 시작되었다.
선생님이 붙박이처럼 서 계시면 학생들은 번갈아 몰려
갔고 사진사는 잽싸게 셔터를 눌렀다.

나도 찍고 싶었다. 여러 사람이 아닌 둘만의 사진이었다. 하지만 도저히 입이 떨어지지 않아 바라만 보고 있는데 선생님 곁을 차지한 친구가 손짓을 했다. 나는 용수철처럼 튀어갔다. 달아오르는 얼굴은 햇살 때문이었을까. 어떤 포즈인지도 모르는데 어느새 다음 차례가 들이밀었다.

　사진이 나왔다. 다행이었다. 엉거주춤 서 있는 내 쪽으로 선생님 고개가 더 기울었기 때문이다. 한참을 들여다보던 나는 가위를 찾았다. 그러고는 선생님 옆에서 활짝 웃는 친구를 잘라 버렸다. 둘만의 사진이 되었다.

　이듬해 가을쯤이던가. 주번이 오더니 선생님께서 나를 부르신다고 했다. 두근거리는 마음으로 교무실 문을 밀었다.

　"어이, 박명자!"

　눈이 마주치자 선생님은 내 이름을 크게 부르셨다.

　"이번 백일장은 니가 장원이다."

　나무를 의인화한 독창성이 돋보여 높은 점수를 얻었다며 악수까지 청하셨다. 나는 구름을 탄 것 같았다. 장원이라는 말보다 선생님이 내 이름을 알고 계신다는 것이 더 황홀했다.

그 일이 있은 얼마 후 선생님은 교육청에서 주최하는 논설문쓰기 대회에 나와 고등학생 언니를 데리고 가셨다. 버스 안에서 한동안 언니와 얘기를 나누던 선생님이 내 옆자리로 오셨다. 선생님은 그날 주제에 대해 몇 가지 말씀을 하시면서 구성해 보라고 했다. 하지만 '선생님 냄새'에 취한 내 머릿속에는 아무것도 더 넣을 수 없었다. 죄송하게도 그날 대회는 입선에 그쳤지만 내 마음은 풍선처럼 떠다녔다.

고등학교에 진학했다. 나는 선생님이 지도하는 문예반에 들어갔다.

"아직 우리나라는 아무도 노벨문학상 못 받았데이. 그치만 노력하면 그걸 니가 받을 수도 있잖아."

입선밖에 안 되는 제자의 능력을 어찌 모르실까마는, 늘 무한한 가능성으로 길을 열어 주시던 선생님. 형편이 괜찮으니 꼭 대학에 가라고 몇 번이나 일러 주고는 졸업식도 안 보고 전근을 가셨다.

날개가 떨어진 것 같았다. 학교도 싫었다. 그저 편지로나마 내 마음을 전했지만 시간이 흘러 그 일도 멈춰 버렸다. 그토록 당부하시던 독서는 고사하고 일기조차 작심삼일에 그쳤으니 일찌감치 문학과 담을 쌓은 셈이다. 하지만 간혹 떠오르는 선생님 생각은 어른이 되어서도 지워지지 않았다.

그러던 어느 날 친구한테서 전화가 왔다. 반갑게 얘기를 나누던 내가 혹시 그 선생님 근황을 아느냐고 물었다. 그때 친구 오빠도 우리 학교 선생님이었기 때문이다.

며칠 후 친구가 전화번호를 알려 주었다. 나는 두근거리는 마음으로 버튼을 눌렀다. 하지만 마지막 숫자를 누를 수 없었다. 선생님께 보여 드릴 내 모습이 너무 초라할 것 같아서였다.

종종 선생님이 생각날 때면 나는 주문을 걸었다. 이왕 늦은 거 조금만 더 참자. 선생님께서 원하시는 그런 사람은 못 되더라도 내 수필집 하나 묶을 때까지만. 그날은 선생님께 술 한잔 부어 드리면서 묵은 고백도 털어놓아야지. 아니, 선생님 팔짱을 끼고 그 시절 박명자가 이렇게 변했다고 넋두리도 해 보리라. 그날은 둘만의 사진도 실컷 찍을 수 있겠지.

그런데 오늘 그 친구에게서 전화가 왔다.

"참, 백 선생님은 잘 계신다니?"

"선생님! 몰랐어? 지난봄에 돌아가셨잖아."

나무라듯 되묻는 친구의 대답. 나는 다음 말을 이어 갈 수 없었다.

창밖에는 빗소리가 더 요란하게 내 가슴을 두드렸다.

그 얼굴에 미소를

차창 밖은 눈부셨다. 막 튀겨 놓은 깨보숭이처럼 눈꽃을 피운 자유로의 가로수는 아침 햇살을 받아 화사하게 빛나고 있었다.

"저거 좀 봐, 너무 예쁘지?"

"여기도요."

감탄사가 쏟아졌다.

"따님과의 여행이 부럽습니다."

택시기사도 한마디 거들었다. '저 집은 설날에 제사도 안 모시나' 하는 듯해서 뭔가 켕겼는데, 직장 생활하는 사람들이 이럴 때 아니면 언제 시간을 내보겠느냐는 마무리가 무척 고마웠다.

세밑인 데다 비행기 출발이 30분이나 늦어지자 공항 대합실은 와자지껄했다. 한쪽에 앉아 텔레비전을 보고 있는데 딸아이가 남편 앞에 파란 봉투 하나를 내밀었다. 남편은 얼른 봉투를 열었다. 편지였다.

"당신은 딸 잘 둬서 좋겠네. 어떻게 아빠한테만 썼을꼬?"

어젯밤 핑크빛 봉투를 받은 후라 장난기 섞인 말로 시비를 걸었지만 따로 준비한 속정이 기특했다. 어려운 상황에서도 지금까지 잘 키워 준 엄마 아빠에게 추억 하나 만들어 주고 싶어 여행을 준비했다는 딸의 편지. 유학 중에는 졸업식 때 꼭 부모님 초청하여 함께 여행하고 싶었는데, 직장 일로 엄마만 참석하여 마음 한켠이 허전했다는 구절에는 콧등이 찡했다. 깨알같이 적은 글이 내게 쓴 편지보다 길었지만 섭섭지 않은 이유는 뭘까.

하지만 남편은 당황한 기색 없이 대충 읽고는 얼른 주머니에 찔러 넣었다. 재미없는 사람, 감동한 표정까지는 아니라도 손 내밀고 한 번 웃어라도 주지, 어쩜 저리 무뚝뚝담. 그 비밀 편지 나도 좀 보여 달라며 너스레를 떨었지만 내 표정도 다르지 않았으리라.

짧은 비행은 순간 이동이라도 한 것처럼 우리 세 식구를 제주공항에 내려놓았다. 숙소로 갔다. 이번 여행은 자기가 이미 코스를 정해 놓았으니 봐서 더 가고 싶은 곳 있으면 얘기하라며 창문을 열어젖혔다.

손에 잡힐 듯한 쪽빛 실루엣이 눈앞에 펼쳐졌다. 침대에 누우면 조심스레 다가오는 파도 소리. 내가 꿈꾸던 그 바닷가 하얀 집에서 여드레를 보내게 되었다.

첫날은 소인국 테마파크로 갔다. 세계의 명소를 한데 모아 놓은 재미있는 공원인데 추워서 그런지 무척 한산했다. 딸아이는 사진기자처럼 멋있게 셔터를 눌렀다.

"엄마 아빠, 여기요!"

잦은 지방 근무로 오랫동안 아빠의 사랑을 놓친 아이는 물 만난 고기 같았다.

"아, 저 에펠탑도 좋겠다. 거기 마주 보고 서 보세요."

금년 겨울 들어 제일 춥다는 제주 날씨지만, 손을 불어 가며 새로운 주문을 해대는 아이 때문에 우리는 구경보다 카메라만 쳐다보았다.

"아빠는 좀 웃으시지. 꼭 화난 사람 같아!"

제발 좀 웃어 보라, 엄마 곁으로 바짝 붙으라더니 기린

두 마리가 뽀뽀하는 기둥 아래 세웠다.

"저 기린처럼 해 보세요. 근처에 아무도 없잖아요. 자, 빨리!"

카메라를 기울이며 다그치는 바람에 우리 부부는 난생 처음 키스신까지 찍고 말았다.

숙소에 돌아오자 노트북을 열어 낮에 찍은 사진을 모두 보여 주었다. 화질이 선명한 데다 날씨까지 화창하여 해외로 착각될 정도였다.

"그런데 아빠, 이거 좀 보세요. 사진마다 아빠 표정이 굳었잖아요."

화면을 기울여 가며 다그치자 남편은 겸연쩍은 표정으로 고개를 돌렸다.

"맞아, 웃는 것도 못하나?"

얼마 전 찍은 가족사진까지 들먹이며, 당신 때문에 좋은 작품 다 버렸다고 나도 같이 쓴소리를 해댔다.

"웃을 일이 있어야 웃지."

"안 되면 그냥 입이라도 벌려 봐요. 누군 뭐 우스워서 웃나?"

그날 밤 두 여자의 공격은 그칠 줄 몰랐다 그럴 적마다 남편은 입을 크게 벌려 "하하" 하고 헛웃음만 보였다. 못 웃으면 그냥 앞니라도 보이라고 닦달을 했으니, 그동안 웃음을 모르고 산 사람이 얼마나 고통스러웠을까.

다음 날은 많이 좋아졌다. 나중에는 입만 벌리고 있어도 인물이 달라졌다고 치켜세우자 더 노력하는 것 같았다.

"자, 아빠 미소, 좋아요."

"조금만 더, 그렇지요."

낮에는 찍고 밤에는 점검하고. 딸아이의 작업도 쉬운 일이 아니었다. 한결같은 표정으로 굳어 있던 사람, 웃을 일이 없어 못 웃는다는 사람이 날이 갈수록 달라지더니, 돌아오는 날에는 카메라만 들이대도 입을 벌렸다.

이번 설날, 잠깐의 외도는 했지만 환갑이 다 된 얼굴에 잃어버린 미소를 그려 넣었으니 조상님들의 얼굴에도 환한 웃음꽃이 피었지 싶다.

헛물켜기

　마음이 급했다. 광주행 KTX 출발 시간은 3분 정도밖에 남지 않았다. 다음 기차는 한 시간이나 기다려야 했으니 식은땀이 흘렀다. 차표를 쥐고 허겁지겁 계단을 뛰어 내려갔다. 승무원이 보였다. 광주행이 맞느냐고 물었다. 그녀가 고개를 끄덕였다.

　6호차 6B석. 손에 쥔 차표를 확인하며 문을 밀었다. 자주 이용하던 경부선 KTX에 비해 훨씬 넓고 아늑했다. 빠르다는 것만 좋지 좌석이 좁아 불편하다는 승객들의 불만이 들렸는지, 통로를 기준으로 한쪽은 한 개 다른쪽은 두 개의 좌석이 배치되었다. 경부선에서는 못 본 호남선의 쾌적함. 느낌이 좋았다.

듬성듬성 앉은 통로를 지나는데 멀리 감색 양복을 입은 내 또래 정도의 아저씨와 눈이 마주쳤다. 하얀 피부에 또렷한 이목구비. 아파트 모델하우스에서 본 장식품 같았다. 그런데 내 번호가! 다시 확인했지만 틀림없는 6B. 그 장식품 옆자리였다.

그는 몸을 반쯤 일으켰다. 그리고 정중히 목례를 건넸다. 좀처럼 보지 못한 매너. 외모에 버금가는 인품이었다. 가슴이 두근거렸다. 혼자 떠나는 여행에서 이런 남성과 짝이 되다니….

나는 자세를 고쳐 앉았다. 짧은 스커트가 마음에 걸려 앞 의자에 붙은 탁자를 내렸다. 그리고 핸드백과 손에 쥔 휴대폰을 올려놓았다. 차츰 안정이 되어 갔다.

기차가 몸을 틀자 차창 밖은 햇살과 어우러진 갖가지 봄꽃들이 다투어 기웃거렸다. 서류봉투를 뒤적이던 그도 자세를 고쳐 앉아 함께 창밖으로 시선을 모아 주었다. 어디까지 가느냐고 금방이라도 물어볼 것만 같았다.

통로를 지날 때 본 내 또래 정도의 남성이라는 것 외에는 아무것도 모르지만, 인격만 갖추어졌다면 그동안 잠근 마음의 빗장을 잠깐 열어 볼까 싶었다.

앞에 꽂힌 잡지를 펼쳤다. 몇 장을 넘기자 청산도를 소개한 페이지가 나왔다. 광주에 사는 분일까? 그렇다면 청산도도 알고 있겠지. 그것만으로도 대화의 물꼬가 트일 것 같아 비스듬히 그쪽으로 펼쳐 놓았다. 그때 휴대폰이 울렸다. 남편이었다.

"지금? 광주 가지. 전남지회 출판기념회라고 했잖아요."

짧게 답하고 끊었지만 다행이다 싶었다. 간접적으로나마 나의 행선지를 알릴 수단이 된 것 같아서였다. 지회 출판기념회라는 말이 들렸으면 내 수준도 어느 정도 파악되었으리라. 혹시라도 출판기념회를 어디서 하느냐고 물으면 좀 뜸을 들인 후 장소도 정확히 말해야지. 그러면 그곳을 잘 안다고 할까? 아니면 자기도 그쪽으로 간다고 할까? 우리는 많은 것을 묻고 답할 것이다. 그러다가 내릴 때쯤 명함을 내밀지도 모른다. 그러면 나도 천천히 내 명함을 건네리라. 거기에는 내가 사단법인체의 회장이란 직함도 적혀 있으니까.

천안쯤 갔을 때였다. 몇 차례나 통로를 오가던 승무원이 내 곁에 멈추었다.

"고객님, 혹시 자리 옮기셨어요?"

"아니요."

나는 당당하게 대답했다.

"죄송한데 차표 좀 보여 주시겠어요?"

고개를 갸우뚱하던 그녀는 내 차표를 자세히 들여다보았다.

"여기는 5호찬데요."

섬광처럼 스치는 아찔함. 그곳은 특실이었다.

"어머나! 죄송해요. 제가⋯."

도망치듯 앞 칸으로 갔다. 비어 있는 내 자리. 옆에는 고개를 떨군 할머니가 코를 골고 계셨다.

일어설 때 눈도 못 맞춘 그 사람. 두고 온 5호차 6B석이 궁금하다.

숙제 하나를 끝내고

한 번도 안 가본 사람은 있어도 한 번만 가본 사람은 없다는 몽골. 우리는 두 번째 여정에 올랐다. 긴 연휴, 저렴한 티켓도 한몫했지만 나에겐 꼭 해내고야 말 숙제 같은 게 있었다.

처음 맞은 패키지여행. 팀은 모두 11명이었다. 부부, 모녀, 친구, 그리고 딸을 포함한 우리 세 식구였다.

인천공항 출국장 귀퉁이는 시끌벅적했다.

악수를 나눈 지 얼마 되지도 않았는데 아저씨 셋은 금세 의기투합해 있었다. 양고기 먹을 때는 반주로, 별빛 아래서 이만한 게 있겠냐며 찔러 넣은 소주 숫자를 헤아릴 때는 취기가 반쯤 오른 듯했다.

도착 후 호텔에서 잠깐 눈을 붙이고 아침 일찍 미니버스를 탔다. 우리가 가야 할 쳉헤르 온천까지는 11시간이 걸린다고 했다. 덜컹거리는 2차선 도로는 추월하는 차도 방향을 가르쳐 줄 사람도 보이지 않았다.

이정표도 없는 광활한 초원으로 접어들었다. 희미하게 드러난 바퀴 자국을 따라 내비게이션도 없는 차는 열심히 뜀박질을 해댔다. 휴대폰도 숨이 멎었다. 반쯤 걸린 석양이 한켠으로 미끄러지고 노을을 등진 양떼들이 걸음을 재촉할 즈음, 초원 끝 야트막한 산 아래 희미한 물체가 보였다. 작은 버섯처럼 듬성듬성 돋아난 게르. 우리가 묵을 숙소라고 했다. 순간 내 마음에도 평온이 깃들었다.

짐을 들여놓고 준비된 몽골 전통음식인 양고기 바비큐 허르헉으로 허기를 채우는데 주인이 다가왔다. 조금 있으면 모아 둔 전기가 끊어지니 미리 온천도 하고 휴대폰 충전도 해 두라고 했다.

우리는 수저를 놓기 바쁘게 온천부터 하러 갔다. 남녀가 함께 들어가는 노천탕이었다. 싸늘한 밤공기와 온몸을 감싸 주는 따뜻한 수증기가 서로 어울려 장거리에 지친 피로를 녹여 주었다.

하늘을 올려다보았다. 백열등만 한 별들이 환호성에 놀란 듯 여기저기서 튀어나왔다. 점점 숫자를 더하는 밤하늘의 축제. 물은 침대가, 별은 이불이 되었다.

다음 날은 승마 체험이 기다리고 있었다. 슬슬 불안감이 밀려왔다. 말 타는 게 좋아 두 번이나 몽골을 선택한 남편에 비해 나는 말 타기가 무서워 싫다고 했다.

처음 몽골에 왔을 때였다. 말 타기 전 사인을 하라는데 어느 여행지에서 코끼리가 사람을 태우고 정글 속으로 도망갔다는 얘기가 생각났다. 나를 태운 말도 그렇게 줄행랑을 친다면?

두려움이 엄습했다. 이미 지불한 돈도 필요없고, 혼자서 아무리 기다려도 괜찮다며 가이드에게 사정을 했다. 이렇게 겁이 많으면 안 된다며 선심 쓰듯 빼주었는데, 남편의 지청구는 두고두고 나를 주눅 들게 했다. 운전도 못하고 말도 못 타는 겁쟁이라고.

하지만 이번에는 그럴 수가 없었다. 죽기 아니면 살기. 모든 걸 하늘에 맡기기로 하고 사인을 했다.

우리를 태울 말이 거만한 걸음으로 다가왔다. 마부는

일행을 힐끔 보더니 제일 먼저 나를 향해 손짓했다. 망설일 틈도 없었다. 여러 사람을 상대해 봐서 겁쟁이도 금방 알아내는 모양이었다. 어차피 맞을 예방주사, 팔을 걷었다.

말 옆에 섰다. 키가 크고 나이도 들어 보이는데 하필이면 내 짝이 될 줄이야. 절벽 앞에 선 것 같았다. 또 포기할까? 망설이는 순간 마부는 내 한쪽 발을 등자에 끼웠다. 그리고 몸을 받쳐 말 등 위로 번쩍 밀어 올렸다. 기댈 곳도 없는 허공. 땅과의 거리가 이렇게 아득할 줄이야. 한쪽 발을 마저 끼우고 엉거주춤한 자세를 고치자 녀석이 휘청했다.

앞선 마부가 출발했다. 녀석도 뚜벅뚜벅 따라갔다. 걸음을 옮길 때마다 점점 땅과 멀어지며 외줄에 선 것 같았다.

나는 머리채를 쥐듯 녀석의 갈기를 힘껏 움켜잡았다. 아득한 길. 허리도 곧추세울 수 없었다. 힘센 수말이라면 다행일 텐데 못 보고 탔으니 답답했다.

갑자기 녀석이 걸음을 멈추었다.

"쉬~"

내 무게 때문일까. 수도꼭지를 튼 것 같은 요란한 소리를 내면서 바닥이 흥건하도록 오줌을 쌌다.

뒤따르던 일행의 웃음보가 터졌다. 진땀이 났다. 혹시라도 그 소리에 놀라 뛸까 봐 나는 갈기를 더 바짝 움켜쥐었다.

"여기 좀 봐!"

재빨리 고개를 돌렸다. 남편이었다. 그이는 여유 있는 표정으로 휴대폰을 들이댔다. 나는 한 손을 들었다.

"찰칵!"

성공이었다. 고개를 들어 보았다. 하늘도 보이고 붉게 타는 단풍들의 수런거림도 조금씩 들리는 것 같았다. 유유히 걸어가는 나의 애마도 차츰 호흡을 맞춰 주었다.

반환점을 돌았다. 준비를 마친 열한 명의 병사가 금방이라도 적을 향해 돌진할 것처럼 포즈를 취해 주는 녀석들. 우리는 위용을 과시하는 기마병이 되었다.

"더 타고 싶다."

"정말 좋았지요?"

말 등에서 내려오며 모두들 아쉬운 듯 중얼거렸다. 밀린 숙제를 끝낸 후련함.

이제 남은 건 운전이다. 내친김에 잠자는 면허증을 깨워 운전대도 한번 잡아 볼까나. 설마 말 타기보다 무서우랴.

긴 호흡을 몰아쉬며 돌아보니 실눈을 뜨고 보던 녀석이 멋쩍은 듯 고개를 돌렸다.

마흔 편의 원고를 묶어 이지출판사로 보냈다.

'책을 꼭 내야 하나? 아니야, 이런 걸로 어떻게?'

몇 번이나 망설였는데 눈 딱 감고 밀어 넣었다.

얼굴이 달아오르고 가슴이 떨렸다. 마우스를 잡고 긴 한숨을 내쉬었다.

그런데 방해꾼이 나타났다. '코로나19'라는 놈이다. 잠시 머뭇거렸다.

표지 그림을 위해 마스크를 쓰고 몇 번이나 출판사를 다녀가신 은사님 모습이 자꾸 떠오른다.

올해는 결혼한 지 꼭 사십 년 되는 해다. '2020', 써놓고 보니 그 의미가 고스란히 담긴 것 같다.

오랫동안 '한국편지가족' 일을 보느라 밖으로 돌던 나를 묵묵히 지켜봐 준 남편이 새삼 고맙다.

4월, 아버지가 가신 달이고 발행일은 어머니 가신 날이다. 책을 좋아하던 어머니께 보여 드리고 싶다.